Diane Brasseur est née en 1980. Elle est scripte pour le cinéma. *Les Fidélités* est son premier roman.

Diane Brasseur

LES FIDÉLITÉS

ROMAN

Allary Éditions

TEXTE INTÉGRAL

ISBN 978-2-7578-4369-7
(ISBN 978-2-37073-000-8, 1re édition)

Prix du Meilleur Roman
des lecteurs de Points

Ce roman fait partie de la sélection 2015 du **Prix du Meilleur Roman des lecteurs de Points** !

D'août 2014 à juin 2015, un jury de 40 lecteurs et de 20 libraires, sous la présidence de l'écrivain **Geneviève Brisac**, recevra à domicile 10 romans récemment publiés par les éditions Points et votera pour élire le meilleur d'entre eux.

Pour tout savoir sur les ouvrages sélectionnés, donner votre avis sur ce livre et partager vos coups de cœur avec d'autres passionnés, rendez-vous sur :

www.prixdumeilleurroman.com

Je ne veux pas vieillir.

Je ne veux pas que des taches brunes apparaissent sur mes mains, je ne veux pas avoir la goutte au nez sans m'en rendre compte, je ne veux pas demander à mon interlocuteur de répéter ce qu'il vient de dire en glissant ma main en cornet derrière mon oreille pour faire caisse de résonance. Je ne veux pas oublier le nom d'une ville où j'ai été, je ne veux pas moins bander, je ne veux pas qu'on me cède la place dans le bus même s'il m'arrive de le faire, même si je dis à ma fille de le faire. Je ne veux pas envisager la mort sereinement.

J'ai 54 ans et, depuis un an, je trompe ma femme avec une autre femme, une femme plus jeune que moi, une jeune femme qui a vingt-trois ans de moins que moi.

Je voudrais qu'ils aient tort, ceux qui penseront : « Et alors ? Ce sont des choses qui arrivent au bout de dix-neuf ans de mariage. »

Ceux qui auront de l'empathie pour moi parce

qu'ils ont déjà vécu cette situation, ceux qui ten-
teront une explication psychologique.

Je voudrais les empêcher de faire le calcul :
« Quel âge auras-tu quand elle aura 37 ans ? »

Je voudrais qu'ils aient tort, ceux qui nous
regardent un peu trop longtemps dans la rue, au
parc, au restaurant.

Ceux qui m'adressent un sourire complice et viril
comme si j'étais au volant d'une belle voiture. Je
ne serais pas surpris si, un de ces jours, je recevais
une tape amicale dans le dos.

À quoi ressemble la maîtresse d'un homme
marié ?

Elle est belle, elle est jeune, elle est un tout
petit peu vulgaire.

Son appétit sexuel est insatiable.

Elle est fragile et elle n'a pas confiance en elle.

Elle ne s'engage pas, ça l'arrange d'être avec
un homme marié.

J'ai un radar maintenant, j'entends au milieu
des conversations, dans les cafés ou au cours d'un
dîner, tout ce que j'aurais pu dire moi-même, avant.

C'est devenu une obsession, tous les couples que
je regarde sont illégitimes. Si je vois un homme
embrasser une femme, passionnément, dans l'avion,
je pense : « Ce n'est pas ta femme. » J'observe les
couples s'étreindre, tard le soir, sur le quai du métro.
Ces deux-là sont dans les bras l'un de l'autre depuis
trop longtemps pour ne pas être dans l'interdit.

J'imagine leur conjoint respectif.

Je n'aime pas le mot « maîtresse ». Je l'associe à la voix nasillarde de mes camarades de classe à l'école primaire.

J'ai une *maîtresse*, j'ai une *liaison*. Je suis *infidèle*. Je le répète mentalement plusieurs fois par jour pour m'en convaincre. J'ai l'impression de penser à la place d'un autre homme.

Le matin, je me réveille à côté d'elle et la première chose que je vois, qui dépasse de la couette écrue, c'est son épaule. Elle se soulève au rythme de sa respiration. Je suis son bras du regard, son coude, son avant-bras couvert d'un léger duvet blond, son poignet, les veines bleues qui courent sur sa main, ses doigts posés sur le matelas.

Je me serre contre elle, son corps est chaud. Je sens son dos contre mon ventre, je cherche sa nuque, ses cheveux me chatouillent.

J'entends son souffle dans le coton de l'oreiller et c'est bon, c'est bon de me réveiller à côté d'elle et de son odeur.

Je bande.

L'odeur d'Alix, je l'ai reconnue, c'est un mélange de son odeur et de mon désir.

Après plusieurs jours sans nous voir, quand je la retrouve, c'est ce qui me frappe, son odeur et comment j'ai pu m'en passer.

J'ai respiré son corps, de ses orteils à la racine de ses cheveux, je n'ai manqué aucune parcelle de peau.

Il arrive que, dans la journée, sans prévenir, au restaurant ou au travail, dans un ascenseur, et même à Marseille, une bouffée d'Alix m'éclate au visage. Son odeur est autour de moi et ça me rend heureux parce que ce n'est pas un souvenir. Je peux la toucher et la prendre dans mes bras.

J'ai déjà plongé ma tête dans un de ses chemisiers, comme une midinette.

J'ai aussi pensé lui voler un tee-shirt dans son panier à linge.

Je ne l'ai pas fait parce que, dans ma situation, même un tee-shirt blanc c'est compliqué.

Toutes les sensations auprès d'Alix sont à la fois nouvelles et familières.

Très tôt j'ai identifié mes symptômes, avec bonheur : trac, maux de ventre, perte d'appétit, euphorie.

Je marche dans la rue et il me semble que c'est au ralenti, je me déconcentre facilement.

Dans le métro, tout le monde est beau. Tout a la capacité de m'émouvoir, même cette publicité pour Air France qui passe au cinéma et où une femme tourne, les bras enlacés autour du cou d'un homme, sur un air d'opéra.

Je me suis remis à courir le matin en écoutant de la musique, et en courant je fais un tas de projets, pour la journée ou pour l'avenir, et des rêves éveillés dont je suis le héros.

Alix est jeune et ses seins sont jeunes et ses tétons, petits, et ses fesses sont jeunes et sa peau est blanche, si blanche que j'ai parfois bêtement l'impression d'être le premier à la toucher, et son sexe est jeune, et la peau de son sexe, fine, et son ventre est jeune et son cou est jeune et ses cuisses sont fermes et ses genoux lisses et tout est doux, tout, et cela serait si surprenant de désirer ce corps jeune ?

J'aime la tache marron de café sur sa canine qu'elle gratte le matin et qui réapparaît le soir et la veine bleue comme un collier le long de ses omoplates.

À elle, je dis : « J'aime ton corps », parce que je n'ai pas le droit de dire autre chose.

Alors je répète : « J'ai envie de toi. »

C'est le matin que j'ai le plus de courage. Les bonnes décisions, je les prends le matin, quelques minutes après la sonnerie du réveil.

Je me suis levé avec un goût d'ail dans la bouche et les yeux secs. Très lentement, pour ne pas réveiller ma femme, je suis sorti de notre chambre.

J'ai préparé un café et je suis entré dans mon bureau comme certains entrent dans une église, pour prendre une décision.

Assis sur une chaise, je fixe les pointillés de lumière jaune que les stores laissent filtrer. Dehors, les lampadaires grésillent et j'entends déjà quelques voitures.

À leur passage, les reflets des phares donnent aux murs une couleur inquiétante.

Sur la table devant moi, il y a un livre de géographie ouvert. C'est ici que ma fille fait ses devoirs quand je ne suis pas là. Elle aime porter sur ses épaules mon gros gilet gris qui traîne sur le canapé.

Il est troué au coude et je ne l'ai pas lavé depuis longtemps.

« Le bureau », c'était pour que je passe plus de temps à Marseille. Quand nous avons acheté la maison, ma femme a d'abord pensé faire une salle de jeux dans cette pièce.

C'est moi qui ai eu l'idée d'un bureau, je me disais que je pourrais travailler ici un jour par semaine, le lundi par exemple.

En été, c'est la pièce la plus fraîche, alors je fais la sieste sur le canapé. Si j'ai envie de m'isoler, je viens regarder un film sur mon ordinateur.

De temps en temps, je fume une cigarette sur le balcon mais j'ai laissé mon paquet en bas dans le salon, sur la bibliothèque, à côté de mon téléphone portable.

Je dois téléphoner à Alix, je le lui ai promis. Je ne sais pas encore ce que je vais lui dire mais j'ai envie d'entendre sa voix même si elle est triste et fâchée contre moi.

À midi, nous partons.

Nous allons fêter Noël et le Nouvel An à New York en famille, cela fait plusieurs mois que c'est prévu.

J'ai horreur de me perdre.

En voiture, je n'aime pas rouler sans savoir où je vais. Je préfère m'arrêter et consulter un plan, ou alors demander mon chemin à quelqu'un et lui faire répéter ses indications jusqu'à être sûr de la route à suivre.

Avancer sur la bonne route et faire les bons choix. Prendre une décision et s'y tenir.

Combien de temps me reste-t-il avant que ma femme et ma fille se lèvent ?

Je voudrais déjà être à New York et contempler la vue de notre chambre d'hôtel.

Ne pas me cogner les files d'attente à l'aéroport, le plateau-repas et la douane.

Le décalage horaire.

Je m'imagine là-bas au bar de l'hôtel, dans un fauteuil club en cuir, à côté d'un feu de cheminée, un serveur prenant la commande avec l'enthousiasme d'un ami, ou bien marchant dans la neige à Central Park en fin d'après-midi quand la lumière décline, avec le froid qui fouette les joues, creuse l'appétit et met de bonne humeur.

Je dois me lever et sortir de mon bureau.

Une fois en mouvement, je ne m'arrêterai plus. Et peut-être qu'à New York, Alix ne me manquera pas.

Secrètement, je compte un peu là-dessus. On pourrait prendre notre élan comme sur un tremplin. En espaçant nos textos et nos mails, en se téléphonant moins. Je m'habituerai à ne plus la voir, elle aussi, et tout compte fait, cela ne sera pas si difficile.

À Paris, je retournerai à l'hôtel et la réceptionniste sera contente de me voir, je prendrai des bains et je commanderai des room services. Je dînerai avec des amis que je n'ai pas vu depuis longtemps, et on passera une très bonne soirée, on se demandera pourquoi on ne fait pas ça plus souvent avec tout le temps que je passe à Paris. Je leur dirai de venir nous rendre visite à Marseille et je leur montrerai des photos de ma fille.

Et si pendant mon absence Alix rencontrait quelqu'un ? Un homme de 35, 40 ans, quelqu'un de bien parce que c'est elle. Ou peut-être un peu plus vieux, un homme de 45 ou de 50 ans, un homme à peine plus jeune que moi mais qui ne s'entend plus avec sa femme, ils vivent séparément, ses enfants sont grands, ils vont à l'université et sa femme travaille.

Je peux les voir marcher dans la rue, il a posé sa main sur l'épaule d'Alix. Il a l'air fier de marcher à côté d'elle.

C'est un bel homme, il est surtout très élégant. Il porte un costume gris, une chemise blanche sans cravate, un caban noir, et il a noué une écharpe noire autour de son cou.

Même s'il fait froid, il ne porte pas de gants et, à son annulaire gauche, il n'y a plus d'alliance.

C'est un comble mais je suis jaloux de cet homme et je voudrais me battre avec lui. L'attraper par les cheveux, et par son écharpe noire, jeter son visage contre un mur en pierre. Écraser mon poing sur son nez, sentir les os se briser sous mes phalanges et tant mieux si ça me fait mal.

Alix le rencontrera dans le cadre de son travail ou à un dîner, chez des amis.

Il sera assis en bout de table et tout de suite sous le charme.

Entre les conversations et les verres de vin, ils échangeront des regards et des sourires. À la fin de la soirée, il proposera de la déposer chez elle en taxi, même si ça fait un détour. Il commandera une voiture, une Mercedès, avec un numéro spécial payé par sa société, qui arrivera quelques minutes après qu'il aura raccroché.

Tout est si simple avec lui.

À l'arrière du taxi, dans les rues de Paris éclairées par les décorations de Noël, il la fera rire et il pensera que c'est gagné.

Il attendra quelques jours avant d'envoyer un mail à leur ami commun, celui qui a organisé le dîner où ils se sont rencontrés, pour lui demander le numéro de téléphone d'Alix.

Il l'invitera dans un très bon restaurant. Toute la soirée, il aura envie de l'embrasser. Il n'en reviendra pas qu'une fille comme elle soit encore célibataire, à son âge. Il sera même un peu méfiant, il se demandera pourquoi les autres n'en ont pas voulu et lui posera beaucoup de questions.

Elle ne parlera pas de moi, ni de ma situation compliquée.

En sortant du restaurant, il proposera de « faire quelques pas » et, comme Alix acceptera, ils sauront tous les deux que cette nuit-là, ils la passeront ensemble.

Il attendra un peu avant de l'embrasser, c'est si bon.

Pendant qu'ils marcheront en silence le long de la Seine, il aura des pensées extravagantes, il se dira : « C'est elle qui ne voulait de personne. Elle m'attendait ! »

En l'embrassant, il fermera les yeux et il trouvera que l'année commence vraiment bien, sans se douter que c'est aussi un peu grâce à moi.

D'habitude, je ne relie pas les événements les uns aux autres.

Mon père a fait une rechute il y a un an. Très vite, il est venu s'installer chez nous, à Marseille. Quand il n'est pas à l'hôpital, il dort dans la chambre d'amis, à côté de la nôtre. Il a fallu acheter un lit adapté et ma femme s'en est occupée. Il paraît que les livreurs ont eu du mal à le monter à l'étage.

Mon père va mourir et il n'a pas envie de mourir. Il dit : « Je voudrais que ça dure encore un peu. »

C'est ma femme qui a proposé que mon père vienne s'installer à la maison.

Quand je ne suis pas là, c'est-à-dire du lundi soir au vendredi soir et, depuis quelques mois, les week-ends où je m'arrange pour rester à Paris avec Alix, je sais que mon père dîne à 19 heures avec ma femme et ma fille, je sais qu'il va au marché avec ma femme le mercredi matin, je sais que, s'il n'y a pas trop de vent, ils vont se promener l'après-midi sur la corniche, je sais que ma femme accueille l'infirmière les lundis et les jeudis, que c'est elle qui va à la pharmacie et me téléphone tous les soirs pour me demander comment s'est passée ma journée et me donner des nouvelles.

Avant de raccrocher, elle m'embrasse et je l'embrasse.

Mon histoire avec Alix et la maladie de mon père se sont emmêlées.

Petit garçon, quand je me blessais ou saignais du nez, je courais dans la salle de bains de mes parents pour me regarder dans la glace en pied. Face à mon reflet, je soutenais mon regard le plus longtemps possible pendant que le sang coulait.

Aujourd'hui, quand je croise mon reflet dans le miroir de la salle de bains en me lavant les mains, je n'ai pas honte.

Je ne m'apitoie pas.

En allumant la lampe du bureau, j'ai été surpris de voir mon visage apparaître sur la porte-fenêtre en face de moi.

Je ne savais pas que j'avais des poches sous les yeux.

J'ai l'air vieux et je ne me tiens pas droit.

J'éteins. Je préfère la pénombre de la maison endormie.

Je dresse la liste de tout ce que je ne ferai plus avec Alix.

Ne plus la voir et ne plus la toucher, ne plus la faire rire, ne plus me dire : « Il faudra que je lui raconte » ou « Cela lui plaira », ne plus regarder mon téléphone pour voir si elle a essayé de me joindre ou si elle m'a envoyé un texto ou une photo, ne plus lire ses mails qu'elle rédige comme des lettres, ne plus descendre à sa station de métro, ne plus choisir les films que je vais voir sans elle en fonction des films que j'ai envie de voir avec elle, ne plus répondre « oui » à la voix féminine du répondeur des Taxis Bleus qui me propose automatiquement son adresse quand je réserve une voiture.

Alors, je vois toute la douleur, encore assez loin, à une centaine de mètres, mais elle me fonce dessus, comme une vague, et je baisse la tête et je vois mon corps et je me dis qu'il n'y a pas assez de place, même si je mesure 1,82 mètre et que je pèse 90 kilos, il n'y a pas assez de place entre mes deux épaules pour recevoir cette vague-là.

Je ne peux pas quitter Alix, je ne veux pas lui dire : « C'est terminé », et je ne veux pas qu'elle me le dise.

J'ai déjà essayé d'imaginer la scène et je n'y arrive pas jusqu'au bout. À cause de la vague et à cause des mots. Les mots qu'on utilise pour rompre, en baissant un peu la voix. On les cherche et on les choisit avec précaution pour faire le moins de mal possible, et plus ils sont emballés pour atténuer les chocs, comme du papier bulle autour d'un verre, plus ils blessent.

Je me souviens de cette fille, Annie, j'étais très amoureux d'Annie.

On a eu une toute petite histoire à la fac, courte. Un soir dans un bar, elle m'a dit : « Je ne vais pas t'accompagner plus loin », et comme j'avais pas mal bu, sûrement parce que je m'y attendais, j'ai ri.

Pendant qu'elle me parlait, je nous imaginais tous les deux dans un bus bondé et elle qui appuie sur le bouton rouge et qui me dit : « Je descends au prochain arrêt. » Ou Annie et moi sur une route de montagne, chacun avec un gros sac à dos comme on en trouve dans les magasins de sport, avec des lanières noires ajustables qui se clippent sur le ventre, et à un croisement, devant des flèches en bois, Annie qui me dit : « Je vais prendre ce petit sentier là. »

Je nous avais imaginés dans tout un tas de situations où Annie aurait pu prononcer ces mots maladroits et cruels : « Je ne vais pas t'accompagner plus loin. »

« Je ne vais pas t'accompagner plus loin » ou « Je ne vais pas pouvoir t'accompagner plus loin » ?

Je ne sais plus.

Quand je lui ai annoncé que, pour Noël et le Nouvel An, ma femme, ma fille, mon père et moi partions à New York, d'abord Alix s'est retenue et puis elle a pleuré.

Il y avait déjà la perspective de Noël.

Les fêtes sont des caps comme les dizaines pour les anniversaires.

Parce que je ne savais pas comment le formuler pour faire le moins de peine possible à Alix, je le lui ai dit tout de suite en arrivant chez elle.

Ce dimanche soir, l'avion avait eu du retard, je suis arrivé dans son appartement après 20 heures. J'ai enlevé mon manteau et j'ai allumé une cigarette, puis je lui ai jeté l'information comme on envoie un frisbee : « Pour Noël et le Nouvel An, je pars quinze jours avec ma femme et ma fille, à New York. »

Alix a demandé : « Qui va s'occuper de ton père ? »

Elle s'est levée pour mettre l'eau des pâtes à chauffer et je lui ai répondu qu'il partait avec nous. C'était long, j'ai cru que la casserole ne se remplirait jamais.

Quand elle est venue s'asseoir à côté de moi, avec deux verres de vin, elle pleurait.

Je l'ai prise dans mes bras et je l'ai serrée le plus fort que je pouvais pour la consoler et me consoler.

Nous avons fait l'amour sans dîner, je suis resté longtemps en elle.

Alix oublie-t-elle que je suis marié quand nous faisons l'amour ? À quel moment s'en souvient-elle ?

Pourquoi ne me quitte-t-elle pas quand je lui annonce une nouvelle comme New York ?

Elle s'est peut-être fixé une date dans sa tête, une *deadline* comme pour un travail à rendre. Peut-être au début du mois de janvier. Cela fera tout juste un an que nous sommes ensemble.

Alix espère que ce voyage à New York sera un fiasco : il ne s'arrêtera pas de pleuvoir et je me disputerai beaucoup avec ma femme. Loin d'elle, je me rendrai compte que je ne peux pas vivre sans elle.

Si, au début de l'année prochaine, rien n'a changé, Alix me posera un ultimatum : « Nous ne pouvons plus continuer comme ça. » C'est pour cela qu'Alix ne dit rien.

Pas un mot sur New York, pas un mot sur mon couple, pas un mot sur ma femme, ni sur mon père qui habite chez moi.

Alix prend son mal en patience.

La nuit, dans la cuisine, quand tout le monde dort, je m'entraîne. Assis à table devant un verre de vin rouge, je pousse la vaisselle du petit déjeuner, et j'imagine Alix sur la chaise en face de moi, à la place que ma fille occupe quand nous mangeons.

Alix dit : « Je suis désolée. » Elle dit qu'elle n'y arrive plus, que si le temps passe pour moi, il passe pour elle aussi. Elle répète : « J'ai envie de construire », elle parle d'horizon, des enfants qu'elle aimerait avoir avec moi, et c'est généralement à ce moment-là que j'allume une cigarette.

Elle me dit qu'elle a peur, elle me dit que l'idée que je partage un lit avec une autre femme, même onze nuits par mois, lui est devenue insupportable, elle me dit qu'elle commence à m'en vouloir, et moi je me tiens bien droit sur ma chaise, je bombe le torse comme un homme, et j'essaie de répondre : « Je comprends », parce que je comprends, mais c'est gonflé dans ma gorge et l'air ne passe plus, ni la salive, ni la fumée de cigarette.

Alors je chasse Alix de ma cuisine et j'espère que cette scène n'aura pas lieu, et c'est peut-être pour cela que je la joue, parce que rien ne se passe jamais comme on l'avait prévu, ou alors plus tard, bien plus tard.

Après ce genre de séance, je suis épuisé. Je passe l'éponge sur la table pour enlever les cendres de cigarette tombées à côté du cendrier, je rince mon verre et je monte dans la chambre.

Ma femme est au lit, elle a laissé la lumière allumée de mon côté. Elle sent bien que ça ne va pas, elle pense que c'est lié à mon père ou peut-être qu'elle sait, elle a tout compris.

Je me couche sur le côté, en chien de fusil. Je lui tourne le dos, j'éteins la lampe de chevet et, dans le noir, dans le lit, à la recherche de ma main, ma femme chuchote : « Je suis là. »

Alors je serre la main de ma femme, très fort.

On ne fait pas attention.

Un soir, Alix ne sait pas à quelle heure elle va rentrer, je récupère les clefs chez la voisine, je garde les clefs, c'est plus pratique, j'ai mes clefs.

Je donne à manger au chat, le chat me réclame à manger. Je commence par acheter une bouteille de vin pour l'apéritif et quelques tomates, puis vient la saison des figues, et un soir j'ai envie de girolles, j'adore les omelettes aux girolles, et elle n'a pas de moutarde à l'ancienne, pas de beurre demi-sel, pas de sucre pour le café le matin, alors je remplis son réfrigérateur.

J'oublie un tee-shirt, puis deux, elle les range dans son armoire, une chemise blanche, elle la dépose au pressing en bas de chez elle. Je décide de rester à Paris le week-end et je n'ai pas assez de linge propre pour la semaine, je jette un caleçon dans le tambour où il y a déjà quelques affaires à elle, je suis un peu gêné mais la machine tourne et nos sous-vêtements sèchent ensemble. Je pose mon ordinateur sur la table de sa cuisine, je note un numéro de téléphone ou une référence de billet sur un prospectus qui traîne. Je lis *Le Monde* chez elle, je laisse *Le Monde* chez elle, elle me demande si elle peut jeter *Le Monde*. Chez le caviste je n'achète plus une bouteille mais un carton de six, j'installe un verrou sur la porte de sa cave, je change l'ampoule, je bidouille une étagère pour qu'elle puisse y entreposer son vin, j'achète quelques outils, je trouve une place pour mes outils dans son appartement. Le soir, je descends à la cave chercher du vin.

On ne fait pas attention. J'ai mon côté dans le lit et je commence à avoir mes habitudes, là où j'accroche mon manteau, là où je laisse mon sac pour la semaine, là où j'enlève mes chaussures. Au début, j'essayais de prendre le moins de place possible mais maintenant je m'étale. J'ai ma serviette dans la salle de bains, mon shampoing dans la cabine de douche, un tabouret pour poser ma trousse de toilette, et j'oublie de temps en temps ma mousse à raser sur son étagère. Je ne fais pas attention, je cuisine mieux qu'elle, alors je prépare le dîner, je lui demande quels verres elle préfère pour le blanc, à table je l'écoute me raconter sa journée en agitant les mains quand son débit s'accélère. Je descends la poubelle, je dis bonjour à la gardienne, les voisins me reconnaissent et le caviste me fait goûter du vin.

Il faudrait peut-être nous vautrer dans notre histoire comme deux boulimiques.

Baiser jusqu'à l'écœurement, la serrer trop fort dans mes bras, manger dans la même assiette et lécher les mêmes couverts, dire tous les mots d'amour à la chaîne comme on allume une cigarette avec la précédente, prendre nos douches ensemble et échanger nos vêtements pour être repus, une bonne fois pour toutes.

Alix m'a rejoint une fois à Barcelone où je m'étais rendu pour des raisons professionnelles et j'ai pu prolonger mon séjour.

J'ai dû lui demander plusieurs fois avant qu'elle accepte de venir, et je ne sais pas lequel de mes arguments l'a fait changer d'avis.

Elle a atterri un vendredi en fin d'après-midi et je suis allé la chercher à l'aéroport. On ne se connaissait pas encore très bien.

Son avion a eu du retard et j'ai bu deux bières, accoudé à une table haute, en l'attendant. J'écoutais les annonces en anglais et en espagnol, les départs et les arrivées, le dernier appel pour les passagers à destination de je ne sais plus quelle ville, comme je lis le journal le matin au petit déjeuner, sans rien retenir. J'avais le trac. Nous allions passer cinq jours ensemble, d'un bout à l'autre, sans nous quitter, nous n'avions jamais eu autant de temps devant nous.

Alix était dans les derniers passagers à sortir, elle portait ses grosses lunettes de soleil et elle était toute blanche.

Elle m'a foncé dessus.

On s'est beaucoup embrassés dans le hall des arrivées et je me suis demandé si elle sentait mon cœur battre à travers sa veste en cuir, elle devait avoir chaud.

On s'est embrassés encore devant le tapis roulant en attendant son sac. On s'embrassait aussi parce qu'on ne savait pas quoi dire, on était gênés et heureux.

Alix avait enregistré un énorme sac rouge, plus gros que ceux que je prends quand je passe quinze jours à Paris, et elle a refusé que je le porte.

Sur le parking, avant de le mettre dans le coffre, elle a ouvert son grand sac. J'ai cru qu'elle allait m'offrir un cadeau mais elle a sorti une paire de sandales bleu marine. À l'avant, pendant que je démarrais, elle n'a pas mis tout de suite sa ceinture. Elle s'est penchée pour enlever ses Converse et ses chaussettes, ses pieds étaient fripés comme si elle sortait du bain. Alix a enfilé ses sandales et la barrière du parking s'est levée.

Qu'est-ce que j'aime les aéroports !

J'avais loué une voiture, une Golf, et très vite, au volant, j'ai posé ma main sur sa cuisse. Cela aurait pu devenir une habitude.

Pendant que je conduisais vers l'hôtel, Alix gesticulait sur le siège passager. Sa vitre était baissée et ses cheveux volaient. Elle a dit qu'à Paris il faisait moche et que j'avais bronzé, ce qui était impossible parce que, en une semaine, je n'avais pratiquement pas eu le temps de mettre le nez dehors.

À un feu rouge, elle a posé sa tête sur mon épaule au moment où je me tournais pour l'embrasser. Son crâne a cogné mon menton, ça m'a fait mal et sûrement à elle aussi. Mais nous n'avons pas réagi. Après, je n'arrêtais pas de me regarder discrètement dans le rétroviseur pour voir si je n'étais pas rouge ou si je ne m'étais pas ouvert la lèvre avec ma dent.

Je voulais être beau pour Alix.

Quand le feu est passé au vert, j'ai calé et ça l'a fait rire.

C'étaient les grandes vacances. On était au mois d'avril mais c'étaient les grandes vacances : la couleur du ciel, l'odeur de la ville, les cheveux d'Alix, ses lunettes de soleil posées sur le tableau de bord.

Être dans une ville étrangère et parler une langue qui n'était pas la nôtre nous a rendus amnésiques. Notre histoire compliquée était restée en France. On jouait au couple, Alix et moi, comme les enfants jouent au papa et à la maman, en y croyant.

En arrivant à l'hôtel, le réceptionniste lui a dit « madame ».

Nous étions « madame et monsieur » pour tout le monde, à l'hôtel, dans la rue et dans les bars, même si nous ne sommes pas beaucoup sortis. Un couple de touristes français.

À Barcelone, je ne trompais plus ma femme. À Barcelone, j'étais à Barcelone.

Nous avons fait la grasse matinée. J'ai dormi jusqu'à 11 heures. Je ne savais pas que je pouvais encore dormir jusqu'à 11 heures.

On prenait nos petits déjeuners au lit. C'était Alix qui s'occupait de passer la commande.

Quand on allait se coucher, elle dépliait le menu du room service sur mon ventre ou sur mon dos. Elle lisait les différents petits déjeuners proposés par l'hôtel en anglais parce qu'elle ne comprenait pas tout en espagnol.

Elle cochait.

Dans mon dos, ça me donnait la chair de poule, et, sur le ventre, je contractais mes abdominaux pour qu'elle puisse écrire. Elle appuyait si fort que la pointe du stylo transperçait le papier cartonné par endroits et me chatouillait le ventre.

Alix choisissait la tranche horaire 10 h 30-11 heures pour qu'on soit servis en chambre. Elle ajoutait un mot pour demander un supplément de miel crémeux et pas liquide, qu'elle n'a pas obtenu une seule fois.

Le matin, dans la pénombre, elle allait ouvrir la porte au serveur après avoir enfilé un peignoir. Cela devait sentir le sexe dans notre chambre.

Je l'entendais signer la note et remercier, à voix basse.

Alix posait le grand plateau sur le lit en faisant attention de ne rien renverser.

En ouvrant les yeux, je voyais mon reflet déformé dans les cloches en argent.

Ce n'est pas pratique du tout de prendre son petit déjeuner au lit. Je ne savais pas comment m'installer. Alix s'asseyait en tailleur sur la couverture, son peignoir s'ouvrait sur l'un de ses genoux. Adossée à la tête de lit, elle feuilletait *El País* sans vraiment comprendre. Elle me préparait une tartine. Moi, je trouvais ça ridicule de me mettre en tailleur, nu. Je ne porte pas de peignoir. Jamais. Ni de pantoufles. Je dors nu.

Je suis nu ou habillé.

Je mangeais ma tartine à moitié allongé et le miel coulait sur mes doigts. Je n'osais pas bouger ni tirer sur le drap de peur de renverser le jus d'orange.

De toute façon, je n'avais qu'une idée en tête, boire mon café et faire l'amour.

Mais on ne dérange pas Alix pendant qu'elle prend son petit déjeuner.

À Barcelone, je ne me suis pas rasé.

J'ai laissé des traces rouges sur le corps d'Alix à cause de ma barbe. Des lésions minuscules qui ressemblaient à une petite allergie.

Il y en avait partout, sur son ventre, ses seins, sur ses épaules et son cou, le haut de ses cuisses et aussi sur ses joues.

En la caressant, je me félicitais d'avoir recouvert tout son corps de baisers comme certains entourent les villes où ils sont allés sur une carte du monde.

Après, on oublie.

Est-ce que nous avons déjà changé, Alix et moi, depuis l'Espagne ? Est-ce que je fais moins attention à elle ?

J'embrasse sa bouche, ses seins, son sexe et ses

39

fesses. Est-ce que je pense encore à embrasser ses poignets et les fossettes au bas de son dos ?

Est-ce que je l'embrasse moins longtemps dans le cou ?

L'a-t-elle remarqué ?

Nous ne dormons pas dans les bras l'un de l'autre mais Alix s'arrange à chaque fois pour garder un contact physique avec moi pendant la nuit.

Là où elles se touchent, nos peaux deviennent moites.

À quoi ressemblerons-nous, Alix et moi, dans dix-neuf ans ?

Quel âge ça me fera ?

Nous sommes allés dîner dans un restaurant en dehors de Barcelone, sur un petit port de pêche. C'est le patron qui nous a accueillis et qui nous a installés à une table à côté de la baie vitrée. On était intimidés comme peuvent l'être les très jeunes couples au restaurant. Pendant cinq jours, on n'était pratiquement pas sortis de notre chambre.

Vite, on a demandé une bouteille de rosé pour se désaltérer et s'occuper la bouche et les mains.

C'était la veille de notre départ. Pour une fois, je n'étais pas le seul à partir. On n'était pas tristes, avec Alix, on était étonnés d'être si proches.

J'ai commandé un poisson et elle une soupe de poisson. Le serveur est parti vers la cuisine et, pour la première fois, nous avons parlé de nous.

Alix a utilisé le mot « relation » et ça m'a fait plaisir qu'elle utilise ce mot-là.

Elle a dit « notre relation », elle n'a pas dit « notre aventure ».

Je lui ai parlé de moi sans qu'elle ait à me poser de questions. De mon mariage et de notre décision d'emménager à Marseille, il y a quatre ans, parce qu'à Paris, ça n'allait plus.

Ma femme est indépendante, comme moi. Elle aime être seule.

À Paris, elle ne supportait plus de ne pas savoir à quelle heure j'allais rentrer le soir. Notre appartement était à quelques stations de métro de mon cabinet.

Nous avons pensé à Marseille parce que c'est là que nous nous sommes rencontrés.

Quand je suis absent, je crois que ma femme préfère que je sois loin, dans une autre ville, à trois heures de TGV. Comme ça, je lui manque moins.

Ma voix ne s'est pas brisée mais j'avais chaud. J'ai parlé de mon père. Je me suis entendu dire qu'à cause de mon père, ça risquait d'être plus compliqué. Parce que j'ai prononcé les mots « plus compliqué », Alix en a déduit que quelque chose était possible.

Si c'est « plus compliqué », c'est bien parce que « c'est possible » !

Je n'ai plus jamais parlé à Alix de cette manière. Je n'aime pas beaucoup parler de moi. Après, j'éprouve un sentiment désagréable qui s'apparente à la nausée d'un lendemain de cuite.

Alix a dit qu'elle voulait avoir des enfants comme on lève un bouclier. Elle a ajouté : « Si j'avais moins de 30 ans... », mais elle n'a pas terminé sa phrase.

Alix a répété : « Je veux avoir des enfants » et elle a renchéri : « Et comme toi, tu n'en veux plus… »

Je n'ai pas pu être catégorique, je n'ai pas réussi. Je ne lui ai pas dit clairement que je ne voulais plus avoir d'enfants.

J'ai dit : « Je ne sais pas. »

Dans la salle, on était les derniers clients et, en partant, le patron nous a serré la main.

À l'hôtel, nous avons pris chacun un citrate de bétaïne dans notre verre à dents, sur la terrasse de notre chambre, en regardant la mer.

Nous sommes rentrés le lendemain, en silence, Alix à Paris et moi à Marseille, avec des souvenirs communs.

J'oublie ce qui se passe à l'autre bout de ma vie sans l'oublier.

Certains soirs, quand je suis à Paris, comme les piqûres de moustique se réveillent et se remettent à gratter, je me souviens que j'ai une femme et une fille.

Allongé sur le canapé, j'entends Alix dans la chambre, elle est en train de faire le lit, les draps en coton claquent, ça sent bon la lessive et elle me dit que non, elle n'a pas besoin d'aide. Dehors, il fait nuit, la radio est branchée sur France Inter et je lis. Il y a le jingle des informations, il est 20 heures : mon foyer me manque.

Je suis sur un toboggan.

Ma femme me manque, ma fille me manque, ma maison me manque, les bruits de ma maison me manquent, les escaliers qui craquent et le réfrigérateur qui siffle, la télévision allumée dans le salon. Je me demande ce qu'elles sont en train de faire, dans combien de temps elles vont passer à table, ce que ma femme a préparé pour le dîner. Je sais que, dans la cuisine, la radio est branchée sur France Inter, le bruit de la hotte couvre sûrement la voix du journaliste.

J'ai envie de téléphoner à la maison tout de suite pour parler à ma femme.

Je me ressaisis. Cinq minutes plus tôt, tout allait bien. Je me replonge dans mon livre, j'essaie de ne rien montrer à Alix, et je n'y arrive pas. Elle vient s'asseoir à côté de moi : « Qu'est-ce qui ne va pas ? » Je reste vague parce que je ne veux pas la blesser et je lance des mots au hasard. Je réponds : « Toute cette situation. »

Alix me caresse le front. Est-ce qu'elle comprend ? Ma famille me manque.

Alix sourit mais, dans ses yeux, il y a le voile que je viens de jeter sur notre soirée. Tout de même, sa main dans mes cheveux m'apaise et je retourne à ma lecture.

Elle se lève et va dans la cuisine, elle veut nous remonter le moral avec un beau plateau pour l'apéritif. Les verres tintent quand elle les sort du placard mais elle trébuche sur l'écuelle du chat et la renverse.

Alix jure et l'eau coule sur le carrelage gris.

À la maison, je ne m'allonge pas sur le canapé pour lire, je ne fais pas de grasse matinée, je n'arrête pas tout à l'heure de l'apéritif pour boire un verre en écoutant de la musique. Je mets la table dans la cuisine, je discute avec ma femme pendant qu'elle prépare le dîner, j'ai envie de poser mon menton sur son épaule, de passer mes mains autour de son ventre et de serrer son corps contre le mien. Mais je préfère m'asseoir pour la regarder.

La porte d'entrée claque et j'entends les pas de ma fille dans le couloir. Elle demande : « Qu'est-ce qu'on mange ? » en ouvrant le réfrigérateur dans un bruit de bouteilles et ma femme s'énerve parce qu'elle a gardé ses bottes de cheval et qu'elle a dû mettre de la boue partout. Je me lève pour prendre une bière dans le réfrigérateur que ma fille a mal fermé, mon père arrive dans la cuisine, l'ambiance est joyeuse, il y a de la buée sur les vitres, ça sent bon la sauce tomate et ma fille n'arrête pas de couper la parole à ma femme. Je propose une bière à ma femme même si je sais qu'elle n'en prendra pas, elle préférera boire dans le même verre que moi. J'ouvre plusieurs tiroirs et je trouve le décapsuleur, je me retourne, Alix est là, dans ma cuisine, elle s'est invitée chez moi.

Nous ne sommes plus quatre à la maison, nous sommes cinq.

Je parle à Alix dans ma salle de bains, je lui parle quand je regarde un film sur mon ordinateur, je lui parle en descendant de ma voiture quand je marche sur le gravier jusqu'à la porte d'entrée, je lui parle quand je fume une cigarette, la nuit, tout seul, sur ma terrasse et que la mer est noire.

Chez Alix, je ne suis pas chez moi et chez moi, je deviens un étranger. Ma maison tourne sans moi et les objets changent de place. Je dois demander à mon père où il a rangé la télécommande de la télévision.

À table, j'ai du mal à suivre les conversations, les prénoms changent tout le temps, je ne fais pas la différence entre les amis de ma fille et, quand je lui pose des questions, ça l'agace.

Ma femme me dit que c'est l'âge.

Je monte me coucher, il y a de la poussière sur ma table de chevet et j'ai perdu ma page.

Alix m'a prêté un roman de 476 pages publié chez Lattès, dont les médias ont beaucoup parlé.

Elle l'a lu à côté de moi, au lit, avec ses lunettes, et les seins nus. À sa manière de l'empoigner et de le tenir très près de son nez, j'ai su que le livre lui plaisait. Ma tête posée sur son ventre, elle m'a fait la lecture de quelques chapitres, et je m'endormais tandis que, de sa main libre, du bout des ongles, elle me caressait la nuque.

En rentrant à Marseille, je l'ai lu en trois jours. Du lit au canapé, j'ai lu sans m'arrêter pour rester avec Alix.

Au début, j'ai essayé de lire avec parcimonie pour qu'elle m'accompagne pendant toutes les vacances mais, comme elle, je n'ai pas réussi à lâcher ce roman. Et puis, j'ai trouvé que c'était bête de me rationner, je pourrais tout simplement le relire. Dans ma tête, j'entendais la voix d'Alix, et, quand je retombais sur un chapitre qu'elle m'avait lu, je pouvais sentir ses doigts sur ma nuque.

Vendredi, en fin d'après-midi, en rentrant avec mon père, j'ai trouvé ma femme dans le salon, assise sur le canapé, les pieds nus croisés sur la table basse, en train de lire le livre d'Alix.

Elle devait lire depuis un certain temps parce que, en l'embrassant sur le front, j'ai pu voir qu'elle en était à la page 117.

Les mains de ma femme sur ce livre, c'était très curieux.

A-t-elle vu mon trouble ?

Je suis allé accrocher mon manteau sur la rampe des escaliers avant de m'asseoir à côté d'elle, sur le canapé.

J'ai allumé la télévision au moment où elle tournait une page.

Ma femme va-t-elle lire au lit avant de dormir ? Je pourrais faire un saut en ville, avant le dîner, acheter le même livre et le poser sur sa table de chevet pour que, de la page 121 à la page 476, cela reste entre Alix et moi.

J'ai choisi une émission très bruyante sur la première chaîne où ça riait et ça applaudissait souvent. J'ai augmenté le volume mais ça n'a pas eu l'air de déranger ma femme.

J'ai pensé, si elle corne une page, je la gifle.

J'ai demandé où était notre fille, j'ai demandé à quelle heure elle avait prévu le dîner, j'ai demandé si elle avait besoin d'aide, je me suis mis à zapper.

Ma femme me regardait par-dessus la quatrième de couverture. Elle a capitulé en fermant le livre et, avant de le poser devant moi sur la table basse, elle m'a dit : « C'est vraiment bien. »

Les joues de ma fille étaient roses cet après-midi-là, il faisait froid. De petites larmes coulaient au coin de ses yeux comme lorsqu'elle rigole. Les gants que je lui avais prêtés parce qu'elle avait oublié les siens lui faisaient des mains de Mickey.

Ma fille marchait derrière nous.

Je me suis retourné pour lui montrer les parapentes, si proches, on aurait presque pu leur demander comment ça se passait pour eux, là-haut, mais ma fille ne m'écoutait pas. Elle s'était immobilisée et avait enlevé l'un de mes gants pour écrire un texto.

Ma fille a 14 ans et le parapente, ça ne l'intéresse pas beaucoup, c'est normal.

J'ai demandé à ma femme si elle se souvenait de ses 14 ans. Est-ce qu'elle fumait déjà ? Est-ce qu'elle avait un copain ? Est-ce qu'elle se sentait adulte ?

Que faisait-elle de ses dimanches après-midi ?

Dans quatre ans, notre fille sera majeure et elle me paraît si petite. 14 ans, c'est jeune mais je la trouve encore plus jeune.

Ma femme m'a pris le bras. Malgré la double

épaisseur pull et manteau, je pouvais sentir les petites pressions de sa main sur mon biceps. Nous marchions en silence au bord de la mer, aux Goudes, et je n'avais pas envie de m'envoler vers Paris ce soir-là.

Que font-elles toutes les deux après mon départ ? Ma fille termine ses devoirs dans le bureau pendant que ma femme lit devant la cheminée ? Elles regardent un film après le dîner, allongées sur le lit, dans notre chambre à coucher ?
De quoi parlent-elles à table avec mon père ? De moi ?

Ma femme ne disait rien et son silence m'encourageait. J'ai eu envie de tout lui raconter, nous avions passé un si bon week-end. Elle a relevé la tête et a jeté son regard bleu vers moi, j'étais sûr qu'elle comprendrait.
J'hésitais, les poings serrés dans les poches. J'étais tout au bord. Je n'arrêtais pas de renifler pour chasser la goutte qui perlait au bout de mon nez.
J'entendais les cris de ma fille. Pour attirer l'attention des parapentes, elle agitait les bras dans leur direction.
Ma femme me regardait, la tête inclinée sur le côté. Elle voyait bien que j'avais quelque chose à dire mais je ne savais pas si son sourire m'invitait à m'élancer ou au contraire à me taire.
Dans la poche intérieure de mon manteau, contre mon cœur, mon téléphone a vibré.
C'était plus fort que moi. Je me suis dégagé

doucement pour lire le texto : Alix se réjouissait de me voir.

Quand je me suis retourné, ma femme et ma fille marchaient bras dessus, bras dessous, elles sautillaient parce qu'elles avaient froid. Je leur ai proposé de rentrer à la maison. De toute façon, il ne fallait pas que je tarde trop, à cause de mon avion.

Ma proposition a été accueillie par des cris de joie.

J'envie le chagrin d'Alix parce qu'il est iden-
tifiable.

Quand je suis avec ma femme, elle est triste.
Elle n'a pas envie que j'aille à New York. Cette
année, elle aurait aimé passer Noël avec moi et le
Nouvel An aussi.

Appréhende-t-elle de se retrouver à table pour
le déjeuner du 25, entourée de couples, avec ses
oncles et ses tantes qui hésitent à lui demander
si elle a quelqu'un dans sa vie ? Ses parents ne
s'inquiètent pas, ils n'attendent pas impatiemment
de devenir grands-parents, ils le sont déjà sept fois,
les frères et sœurs d'Alix ont tous des enfants,
mais ils aimeraient la savoir heureuse avec un
homme.

Les parents d'Alix sont en bonne santé mais
ils ne sont plus tout jeunes. Son père a trois ans
de moins que le mien, c'est elle qui me l'a fait
remarquer : « Mon père à l'âge d'être le tien. »

C'est frustrant pour elle de ne pas pouvoir parler
de moi à ses parents. Elle ne veut pas les décevoir
et leur dire, les yeux baissés : « Il est marié. »

Je sais qu'elle a parlé de moi à son petit frère et je sais aussi que le petit frère voudrait me rencontrer.

Pour me casser la gueule ?

Alix n'aime pas qu'on lui demande si elle est en couple et, quand on l'interroge pour savoir si elle a des enfants, cela lui donne un sentiment d'échec.

Dans tous les cas, elle a l'impression de mentir et cela la met mal à l'aise.

Quand elle répond : « Non, il n'y a personne dans ma vie », ce n'est pas vrai.

Si elle dit : « Oui », elle redoute les questions suivantes.

Quand elle dit : « Oui », elle se sent obligée d'ajouter « mais », même si elle n'a pas envie de raconter la suite parce que cela ne regarde personne.

Alors, elle a trouvé une formule, elle dit : « Oui, mais il a vingt-trois ans de plus que moi », comme si notre différence d'âge justifiait ses doutes et sa discrétion à mon sujet.

Quand elle est invitée, Alix espère qu'on ne lui demandera pas si elle sera accompagnée.

Pour éviter ce genre de situation, elle peut aller jusqu'à refuser un dîner.

Je ne veux pas qu'elle s'isole.

Depuis le mois de novembre, Alix m'attend et je le sens. C'est peut-être l'hiver et la nuit qui tombe plus tôt, la perspective de Noël.

Derrière chaque phrase d'Alix, j'entends ce qu'elle ne me dit pas et j'imagine ce qu'elle pourrait dire au bout d'un an.

J'arrive le dimanche soir chez elle, je sonne même si j'ouvre la porte avec mes clefs, j'enlève mon manteau, je pose mon sac à l'endroit habituel.

De quelle humeur sera Alix à l'autre bout du couloir ? Les week-ends nous font reculer de quelques pas.

Avec Alix, ce ne sont pas les retrouvailles que je préfère.

Installée à la table de sa cuisine, elle travaille sur son ordinateur.

Je suis encore surpris quand je la vois.

Je l'embrasse, elle ferme les yeux et moi aussi. Elle les rouvre, sourit, me demande comment s'est passé mon vol et j'entends : « Est-ce que tu as quitté ta femme ? » « Tu n'as pas eu trop d'embouteillages en arrivant sur Paris ? » J'entends : « Quand vas-tu quitter ta femme ? » En se levant, elle me demande si je veux boire quelque chose. « Est-ce que ta femme se doute de quelque chose ? » Elle sert du pouilly fumé dans deux grands verres ballon et me rejoint sur le canapé : « Tu as faim ? » « Tu as fait l'amour avec ta femme ? »

Elle boit une gorgée : « Comment s'appelle ce restaurant japonais rue du Faubourg-Poissonnière ? » « Comment fais-tu pour mentir à ta femme ? » Alix pose une main sur ma cuisse : « Tu ne veux pas commander des sushis ? » « Tu ne quitteras donc jamais ta femme ? »

Elle se lève pour téléphoner.

Pourquoi certaines femmes ont-elles des histoires d'amour plus compliquées que les autres ? Alix fait partie de ces femmes-là.

Très vite, elle a eu des réflexes que je n'avais pas. Le week-end, elle ne me téléphone pas et, si elle a besoin de me joindre, elle m'envoie un texto pour que je l'appelle. Elle m'offre des cadeaux que je peux rapporter à la maison, des livres et des disques, pas de vêtements, pas d'accessoires, rien que je ne pourrais acheter moi-même. Quand elle m'écrit une carte postale, elle la met systématiquement sous enveloppe et elle l'expédie à mon cabinet.

Même si elle n'a pas d'enfants, elle a mémorisé les dates des vacances scolaires de la zone B et elle en profite pour partir à ce moment-là.

Récemment, elle est venue me chercher à l'aéroport, sans me prévenir.

Pendant le trajet du retour, à l'arrière du taxi, elle m'a avoué qu'elle avait hésité à le faire mais que le désir de me surprendre l'avait emporté.

Si jamais j'avais été accompagné, pas nécessairement par ma femme mais par quelqu'un qui connaissait ma femme, elle ne voulait pas me mettre dans l'embarras.

C'est pour ça qu'elle m'attendait à côté de l'agence de location de voitures Hertz, un endroit stratégique pour observer l'arrivée des passagers sans être vu.

Je ne le lui ai pas dit, mais depuis longtemps j'espérais qu'elle le fasse.

Quand je ne suis pas là, Alix tourne les pages de son agenda et elle compte.

Depuis un an, je passe plus de temps avec elle qu'avec ma femme.

Toute seule, à voix haute dans son appartement, elle dit : « Je ne le comprends pas », elle le répète plusieurs fois, de plus en plus vite et de plus en plus fort, comme si cela pouvait l'aider à comprendre, elle s'énerve, elle a les larmes aux yeux.

C'est injuste.

Le samedi soir, dans son lit, Alix s'interroge et ça l'empêche de dormir.

Qu'est-ce qu'ils partagent ?

Elle m'imagine, le week-end, éviter ma femme et ma fille dans ma grande maison, me coucher tard et traîner au lit le matin.

Pour New York, Alix doit se dire que c'est une idée de ma femme : elle a acheté les billets sans me consulter, sur Internet, avec la carte du compte commun.

Elle ne se doute pas que c'est moi qui les ai commandés dans l'agence en face du cabinet.

Alix pense à mon mariage n'importe où.

Dans la rue, le dimanche, quand elle rentre du cinéma où elle n'a pas été avec moi, elle s'emporte, elle m'en veut et elle marche vite.

M'a-t-elle déjà traité de « pauvre type » avec une double vie comme beaucoup d'autres pauvres types ? Une vie parallèle qu'elle aurait comparée aux rails d'un train, deux vies qui se déroulent tranquillement l'une à côté de l'autre sans jamais se rencontrer.

Alix regarde mon couple comme, plus jeune, je regardais celui de mes parents.

« Je ne leur ressemblerai pas ! Je ne tomberai pas dans les mêmes pièges qu'eux ! »

Cela n'arrivera pas à Alix, son mari qui la trompe au bout de vingt ans.

Elle se dit peut-être qu'après toutes ces années, ma femme et moi sommes devenus de bons camarades.

Pense-t-elle que lorsque je dis bonjour à ma femme ou au revoir, je le fais de loin ?

Pense-t-elle que le vendredi soir, pour m'accueillir à Marseille, ma femme m'embrasse sur la joue ? Ou alors elle dépose sur ma bouche un petit baiser si furtif que nos lèvres se touchent à peine ? Et si elles se touchent, cela provoque de l'électricité statique qui nous pique les lèvres et nous fait reculer instantanément ?

Alix pense-t-elle que ma femme ne me fait plus jouir ? Ou préfère-t-elle ne pas y penser ?

Se demande-t-elle si, avec ma femme, je dors nu ou en pyjama ?

Elle sait que j'ai horreur de ça, les pyjamas.

« Il dort peut-être dans le salon, sur le canapé ? » Ou alors elle imagine que dans notre chambre à coucher le lit est si grand que ma femme et moi, nous restons chacun de notre côté, séparés par une frontière invisible au milieu du matelas, dos à dos, sans nous toucher.

Alix se souvient-elle de ma femme ?

Elles se sont croisées toutes les deux il y a quelques années.

Elle doit se dire qu'elles sont très différentes.

Elle pense peut-être que je les compare. C'est très féminin de se comparer physiquement. Le ventre de l'une est plus plat que celui de l'autre mais l'autre a les cheveux plus soyeux que l'une.

Elle doit se demander si je leur raconte les mêmes anecdotes, avec les mêmes adjectifs. Parfois, je ne sais plus très bien où j'en suis, ce qui me donne l'impression désagréable de radoter.

Et le désir, est-ce que je le recycle ?

Si, par exemple, le vendredi matin à Paris, au moment de partir, Alix m'excite beaucoup, est-ce que la nuit venue, à Marseille, c'est ma femme qui profitera de cette ardeur-là ?

Si Alix est jalouse, elle ne le montre pas.

Elle parle de ma femme avec naturel, sans curiosité ni reproches.

À chaque fois qu'Alix prononce « ta femme », mon corps se tend.

Moi, dans une phrase, les mots « ma femme », je les prononce plus vite que les autres ou bien je dis : « Je ne serai pas seul » et, quand je reviens de Marseille, le dimanche soir, en racontant mon week-end, à la place de « nous », j'utilise « je ». « Je suis allé me promener aux Goudes », « J'ai accompagné ma fille à une compétition de cheval ».

Cela doit donner à Alix l'impression fausse que je ne partage plus rien avec ma femme.

À moins qu'elle ne soit pas dupe. Alix sait que « je » signifie « nous ».

J'attends qu'elle explose.

J'attends qu'elle pointe son index vers moi en répétant : « Je te l'avais dit ! Je te l'avais dit ! », parce qu'un soir de décembre, au tout début, avant même qu'il se passe quelque chose entre Alix et moi, dans un petit bar du XVIIIe arrondissement, pendant un concert, épaule contre épaule à se frôler les mains autour de nos verres de bière, elle avait lâché cette phrase : « Tout ça, c'est plus dangereux pour moi que pour toi. »

Jusque-là, rien n'avait été nommé. Bien sûr, on se téléphonait trop, on s'envoyait trop de textos et trop de mails et, quand on était ensemble, il y avait de l'électricité autour de nous. Bien sûr, je m'arrangeais pour prendre mes rendez-vous extérieurs dans son arrondissement, j'inventais des excuses bidon pour la croiser, je lui faisais la bise très lentement pour lui dire bonjour, je me concentrais sur le contact de sa joue contre la mienne, sa peau était douce, je choisissais avec précision où poser mes mains sur ses épaules, sur ses bras, sur sa taille et j'essayais de sentir son corps à travers ses vêtements. À Marseille, je me réveillais tôt, je regardais la météo de Paris, je jouais nerveusement avec mon alliance en la tournant autour de mon annulaire, mais je m'appliquais à faire comme si de rien n'était.

« Tout ça, c'est plus dangereux pour moi que pour toi. »

Alix l'avait dit en souriant, l'air un peu désolée, et je n'avais pas compris s'il s'agissait d'un consentement ou d'un rejet de sa part. Je n'avais rien répondu même si le mot « dangereux », à l'époque, m'avait paru disproportionné. Pendant le silence qui avait suivi, Alix et moi, on ne trichait plus.

Ces paroles auraient peut-être dû me raisonner ?

Sachant que je lui faisais courir un danger, j'aurais pu finir ma bière, me lever, saluer Alix, partir et ne plus la revoir.

Ce soir-là, j'aurais pu choisir de résister à mon désir.

Je n'y ai même pas pensé.

La première fois que nous avons fait l'amour, Alix et moi, je me suis déshabillé très vite parce que j'ai eu peur qu'elle change d'avis. J'ai pensé que, nu, elle aurait plus d'embarras à me mettre dehors. J'ai pensé, contre mon corps nu, elle s'abandonnera plus facilement.

Nous avons fait l'amour et j'ai mal dormi.

Ce n'était pas la première fois que je trompais ma femme, cela m'était déjà arrivé deux fois, mais c'étaient des aventures sans lendemain.

Alix dormait paisiblement à côté de moi.

Elle avait tort. Être nu dans son lit était aussi dangereux pour moi que pour elle parce que je n'avais pas envie que cela s'arrête.

Mais à ce moment-là, je me sentais invincible.

À quoi ressemblera ma fille dans dix ans ? Certaines de ses expressions me laissent entrevoir son visage d'adulte.

En devenant une femme, elle ressemblera peut-être de plus en plus à ma femme.

Ma fille veut être vétérinaire.

Dans dix ans, elle fera ses études à Paris. J'aurai 64 ans.

Elle m'appellera un soir où je serai resté tard au cabinet et me donnera rendez-vous dans un restaurant italien, près de son studio.

Au téléphone, elle dira : « J'ai une grande nouvelle à t'annoncer, papa », et je m'attendrai à tout.

Le serveur posera sur la table une bouteille de champagne et il y aura dans les yeux de ma fille autant de bulles que dans la coupe que je lui servirai et qu'elle boira d'un trait.

« Papa, papa, je suis amoureuse ! »

Je serai surpris par ma propre émotion. Ma fille. Ma toute petite fille !

« Papa, je suis amoureuse d'un homme mais il est marié. Il a 36 ans et deux enfants. »

Je ne crois pas qu'elle attendra l'entrée, ni même de passer la commande, pour me révéler qu'il est marié. Elle voudra s'en débarrasser tout de suite.

Elle voudra mon accord.

Elle dira : « Tu sais, papa, c'est merveilleux, avec lui, je n'ai plus peur » et parce que je resterai silencieux, elle ajoutera : « Ça nous est tombé dessus, nous avons essayé de résister mais nous n'avons pas pu », comme si leur histoire était une fatalité.

« Ça fait douze ans qu'il est marié. »

Elle parlera de lui toute la soirée, ses joues seront roses et elle sera encore plus amoureuse à la fin du dîner à cause de l'ivresse du champagne et de la parole.

Vingt-quatre ans, c'est beaucoup trop jeune pour garder tout ce bonheur secret.

« Tu ne dis rien à maman. Je ne veux pas qu'elle s'inquiète. »

Et moi, pourquoi moi je ne m'inquiéterais pas ?

Quand elle me répondra : « Parce que toi, tu comprends », je ne saurai pas exactement où elle veut en venir.

« Tu sais, il me dit qu'il a besoin de temps. Bien sûr, c'est difficile le week-end, et j'appréhende les vacances scolaires, mais nous parlons, nous parlons beaucoup, nous parlons de tout. »

Je ne croirai pas un mot de ce qu'il lui dit et je lui en voudrai de lui en dire autant.

« Il m'a invitée chez lui quand sa femme et ses enfants n'étaient pas là parce qu'il voulait que je voie à quoi ça ressemble. Après tout, c'est chez lui aussi », et je mordrai ma fourchette pour ne pas m'énerver.

Ça, moi, je ne l'ai jamais fait.

Dans la bouche de ma fille, tout cela me paraîtra banal.

Je l'écouterai, silencieux, tout en connaissant déjà le dénouement.

« Papa, je voudrais tellement que tu le rencontres, vous vous entendriez si bien. »

Je verrai qu'elle est éprise et ça me pincera le cœur. Pas parce que l'abruti qu'elle aura choisi sera marié mais parce qu'elle est ma fille unique et que j'aurai 64 ans.

Elle sera resplendissante et, en posant son plat devant elle, le serveur la regardera un peu trop longtemps. De l'entrée au dessert, à chaque fois qu'il s'approchera de notre table, je dirai : « Ma fille, ma fille, ma fille » pour qu'il n'ait pas la malencontreuse idée de penser à autre chose.

Pendant toute la soirée, ma fille n'arrêtera pas de consulter son téléphone portable et je me méfierai de tous les hommes.

J'avalerai de travers en entendant : « Pour moi, ses enfants, ce n'est pas un problème, j'ai envie de m'en occuper », et je penserai au loyer de son studio que je paie tous les mois.

En toute modestie, ma fille sera persuadée de mieux connaître cet homme que sa propre femme.

Elle balaiera leurs douze ans de mariage avec ses gestes amples d'amoureuse.

Quatre mille cinq cent quatre-vingts jours de vie

commune, il s'en passe, des choses, en quatre mille cinq cent quatre-vingts jours ! Dont deux grossesses, peut-être plus, et le bonheur de cet abruti le jour où, comme à moi, sa femme lui a annoncé qu'il allait être père.

Tout cela, ma fille n'y songera pas et je n'oserai pas lui demander depuis combien de temps elle le fréquente.

« Papa, ça fait trois mois et je n'avais encore jamais vécu ça. »

En tournant la tête sur ma droite, je ne verrai plus la salle du restaurant sans fenêtre mais un mur solide en crépi vers lequel ma fille se précipite, la tête la première.

Je ne pourrai pas évaluer avec précision la distance qu'il lui restera à parcourir avant l'impact.

Est-ce qu'elle a peur ?

Ma fille est casse-cou. Son professeur d'équitation nous le dit chaque fois qu'il nous voit, sa mère et moi.

Elle me ressemble.

Je serai là pour souffler sur ses bosses, et sur ses bleus, et sur ses larmes et sur son cœur.

« Papa, je suis amoureuse d'un homme mais il est marié. »

C'est le sort qui se fichera de moi.

Pour la peine, et parce que la bouteille sera vide, je commanderai deux autres coupes de champagne.

En attendant nos desserts, elle voudra absolument me montrer une photo de lui et, devant son

66

enthousiasme, je sortirai mes lunettes de ma poche intérieure. Sur son téléphone, elle fera défiler plusieurs photos qu'ils auront prises à bout de bras, un jour de soleil, sur un bateau-mouche.

Rien sur ces images ne laissera soupçonner qu'il s'agit d'un homme marié et je serai obligé de reconnaître que l'abruti a une bonne tête.

Ils auront l'air heureux sur ces photos, et ça me mordra le cœur parce qu'il sera marié.

En levant les yeux vers ma fille, même si pendant tout le dîner elle aura affirmé le contraire, sur son visage, je lirai l'espoir.

Tout son corps sera tendu vers cet homme qu'elle me montrera sur son téléphone.

Va-t'en, ma fille. Va-t'en.

Tu es si jeune.

Va-t'en, ne le laisse pas te voler ce que tu as de plus précieux.

Tu es ma fille, pour toi je veux le meilleur.

Va-t'en et ne t'encombre pas d'explications. Laisse-le avec sa femme et ses deux enfants.

Va-t'en, qu'il quitte sa femme ou qu'il ne la quitte pas.

Il y a des histoires plus heureuses qui t'attendent.

Va-t'en, ma chérie, un homme marié, ce n'est pas assez bien pour toi.

Dans la voiture, en bas de chez elle, j'hésiterai un peu mais je déciderai de ne rien lui dire pour ne pas provoquer chez elle la réaction contraire.

En m'embrassant, elle m'avouera : « Papa, je ne

savais pas que c'était possible. Aimer comme ça »,
et j'essaierai de me réjouir un peu.

Au moins ça.

Je la regarderai partir en courant vers la grande
porte en bois de son immeuble et taper le digicode
qui, normalement, protège de l'aventure.

Il fait beau et les volets du bureau sont ouverts.

Dans ma tasse j'ai laissé un fond de café froid. Allongé sur le canapé, ma tête repose sur mon gros gilet gris.

J'entends ma femme passer l'aspirateur en bas, dans le salon. Les épines sur le tapis autour du sapin l'exaspèrent.

J'ai un code pour verrouiller le clavier de mon téléphone portable. Ma femme le connaît, c'est la date d'anniversaire de notre fille.

Ma femme ne fouille pas. Je ne crois pas.

Mais il suffirait que mon téléphone vibre, maintenant, je l'ai laissé sur la bibliothèque.

Ma femme verrait la lumière de l'écran qui s'allume se projeter sur l'étagère du dessus. Elle arrêterait l'aspirateur en pensant que mon téléphone sonne : c'est peut-être important, c'est peut-être le cabinet ?

« Tu me manques ! » avec les dix chiffres du numéro de téléphone d'Alix, au-dessus. Instinctivement, ma femme notera le numéro qui commence par « 06 » à l'intérieur d'un livre de poche qui traîne.

Lentement, elle retournera à l'aspirateur mais le cliquetis des épines le long du tuyau ne lui procurera plus aucune satisfaction.

« Tu me manques » ?

Les trois petits mots danseront dans sa tête et ne la laisseront pas en paix.

Le tube en acier glissera des mains de ma femme.

Elle abandonnera l'aspirateur au milieu du salon comme une vieille bête essoufflée pour chercher dans mon téléphone portable.

Chercher quoi ?

Comme je les ai effacés, elle ne trouvera pas un seul texto ni un seul message vocal. Pas de photos non plus.

Mais dans le journal des appels, le numéro qui commence par « 06 » – elle le comparera à celui qu'elle vient juste de noter à l'intérieur du livre de poche – apparaîtra tous les jours, plusieurs fois par jour.

Beaucoup trop.

Ma femme verra que le dernier appel en absence d'Alix date d'hier, à 14 h 30.

Le bruit de l'aspirateur deviendra inquiétant et ma femme débranchera le cordon d'alimentation d'un geste sec.

Elle ne sait pas que je suis là, elle pense que je suis sorti. En nous couchant, je lui ai dit que j'irais courir, ce matin.

« Tu me manques ! »

Ma femme montera dans notre chambre pour

appeler les renseignements et leur demander comment téléphoner en numéro masqué.

Sur la terrasse, après avoir pris une cigarette dans mon paquet même si elle a arrêté de fumer depuis huit ans, ma femme composera le numéro d'Alix précédé de « #31# », en tremblant.

Quelque part à Paris, le téléphone d'Alix sonnera. « Numéro masqué » apparaîtra sur l'écran.

Alix hésitera à prendre l'appel, personne n'aime les numéros masqués. Elle finira par décrocher au bout de la quatrième sonnerie en se disant que c'est peut-être moi. Depuis trois jours, elle attend mon appel.

« Oui, allô », ma femme entendra la voix d'Alix et, tout de suite, elle devinera qu'elle est jeune. Alix répétera « Allô » un peu plus fort, elle distinguera un drôle de souffle dans le téléphone sans se douter qu'il s'agit du bruit du vent sur ma terrasse.

Ma femme raccrochera, Alix sera mal à l'aise.

Ma femme fumera sa cigarette jusqu'au filtre. Cela lui tournera la tête et lui donnera un peu la nausée. Elle essayera de se raisonner, ce n'est rien, ce n'est qu'une voix féminine.

« Tu me manques ! »

Elle n'y arrivera pas.

Elle se lavera les mains et se brossera les dents dans notre salle de bains pour se débarrasser du goût du tabac. Comme on tire sur un fil pour dérouler une pelote, elle passera en revue nos derniers mois à la recherche d'indices qui trahiraient la présence de cette jeune voix, féminine, dans ma vie.

Tout lui paraîtra si évident ! Je ne suis jamais là.

Alors elle se mettra à rire, dans notre salle de bains, assise sur le rebord de la baignoire, d'un rire nerveux et désespéré en pensant au mot « cliché ».

Elle répétera « Pas moi », « Pas nous », comme si cela pouvait changer quelque chose.

Ma femme tentera de se ressaisir, elle sortira de la salle de bains en regrettant d'avoir téléphoné. Elle pensera à avant, elle voudra retourner « avant ». Ah, si elle n'avait pas été dans le salon quand mon téléphone a vibré. Pourquoi a-t-elle décidé de passer l'aspirateur à ce moment-là ? Elle s'en fout, des épines sur le tapis, maintenant.

Pour en savoir plus, elle hésitera à rappeler. Pas en numéro masqué. L'autre, la voix jeune, décrochera et ma femme déclinera son identité.

Non, elle ne le fera pas, pas au bout de dix-neuf ans de mariage. Ma femme préférera me parler.

Elle se souviendra de l'agent immobilier pour lequel elle a eu un petit faible quand nous avons emménagé à Marseille.

D'abord, ma femme n'aura pas mal et ça l'étonnera. Sur la terrasse, après avoir raccroché, elle sera hébétée, et dans la salle de bains aussi.

Elle aura mal d'un coup. Ma femme n'est pas douillette, elle a accouché sans péridurale. Elle devra pourtant s'asseoir sur notre lit et se concentrer sur sa respiration pour ne pas hurler. Elle aura mal partout.

Dans un moment de panique, elle voudra appeler notre fille pour qu'elle vienne la serrer dans ses bras mais elle se retiendra. Des images de ce film où Emma Thompson comprend que son mari la trompe en ouvrant ses cadeaux de Noël défileront dans sa tête. Emma Thompson, dans sa chambre, secoue ses mains en regardant le plafond pour ne pas pleurer parce qu'elle doit rejoindre son mari et ses enfants, qui l'attendent en bas de l'escalier.

Ma femme comprendra ce geste, secouer les mains très fort. Comme quand on se brûle.

En attendant que je rentre, elle sera incapable de faire quoi que ce soit alors qu'il reste tant à faire. Elle ne terminera pas sa valise, elle ne rangera pas l'aspirateur, elle ne videra pas le lave-vaisselle, elle ne déposera pas les clefs avec la bouteille de vin emballée chez la voisine.

Elle se sentira vieille et comme tout le monde.

Elle souhaitera la mort de mon père en pensant que tout est de sa faute.

Pour qui je la prends ? Pour une sainte ?

Mais elle a horreur de ça, le sacrifice !

Elle aurait mieux fait de perdre patience et de se plaindre, de claquer les portes dans la maison et de m'accabler de reproches parce que je ne suis jamais là.

Et New York ?

Ma femme aime tellement les fêtes, mais New York… comment fera-t-elle à New York ?

Après avoir fermé les persiennes, elle se mettra au lit tout habillée, ce qu'elle ne fait jamais, même quand elle est malade.

Ma femme aura du mal à avaler sa salive et le temps passera lentement.

Comme pour consoler un enfant, elle répétera « Je t'aime, je t'aime, je t'aime » très doucement dans notre lit, sans savoir à qui elle adresse tous ces « Je t'aime », et la douleur se calmera un peu. Elle fixera son attention sur des détails, le mouvement imperceptible d'une tache de soleil sur la moquette beige, la poussière accumulée sur la plinthe inaccessible en dessous du radiateur.

Alors elle se dira qu'il y a sûrement une explication. Tout à l'heure, en rentrant, je lui fournirai cette explication. Je lui expliquerai qu'elle s'est mise dans cet état juste avant de partir, pour rien.

« Tu me manques ! »

Je peux manquer à une amie et après tout il y a le point d'exclamation, c'est amical, un point d'exclamation. Il peut aussi s'agir d'une cliente qui, en mon absence, a affaire à un de mes collaborateurs et n'en est pas très satisfaite. Ou peut-être d'une stagiaire qui, gentiment, me court après sans qu'il se soit rien passé.

Et même si je l'ai trompée, il y a sûrement une explication. Ces choses-là arrivent. Elle même ne l'a-t-elle pas déjà fait ? Si elle comprend, elle pourra pardonner.

Elle nous imaginera unis devant cette épreuve. Et si nous en sortions grandis ?

Ces pensées lui donneront du courage et l'envie de se lever. Jusqu'à ce que les questions sautent à nouveau dans sa tête comme du pop-corn dans une casserole : « Où ? Où se voient-ils ? À l'hôtel ? Combien de fois par semaine ? Depuis quand ? Qui est au courant ? Qui est-ce ? Est-ce que je l'ai déjà vue ? Est-ce qu'elle travaille au cabinet ?

Quel âge a-t-elle ? »

Ma femme doutera de tout. Elle se posera même des questions sur les raisons de notre emménagement à Marseille.

Elle aura peur de moi, elle aura peur que je la quitte. Notre fille est grande et je gagne beaucoup d'argent. Ma femme ne veut pas divorcer, même si elle aime être seule, elle ne veut pas vivre seule.

Elle se trouvera repoussante, au lit, incapable de se lever. Elle aura envie que je la console et que je la prenne dans mes bras.

Enfin, elle entendra le bruit de la porte de notre chambre à coucher qui s'ouvre.

En entrant, je serai très étonné de la trouver au lit, c'est bientôt l'heure de partir.

J'irai m'asseoir à côté d'elle : « Tu ne te sens pas bien ? »

Ma femme ne saura pas tout de suite quoi dire. Elle voudra me demander : « Qu'est-ce qui se passe ? » mais elle m'a déjà posé cette question.

Elle hésitera à m'interroger : « Est-ce qu'il y a quelqu'un d'autre ? », mais elle aura peur que je lui mente.

Parce qu'elle restera silencieuse, je m'inquiéterai. « Est-ce que tu es malade ? »

Alors ma femme se décidera pour : « Elle a une jolie voix. » Le cynisme, ce n'est pas dans ses habitudes. Mais là, cela lui viendra naturellement. Elle aura envie de me blesser, il n'y a pas de raison qu'elle soit la seule à souffrir.

Je ne serai pas surpris, je laisserai ma main sur son front, un an sans faire particulièrement attention.

Qu'est-ce que je lui répondrai ?

Est-ce que je téléphonerai à Alix pour lui dire :
« Finalement je ne pars plus » ?

Je pourrais lui annoncer la nouvelle en riant comme s'il s'agissait d'une décision facile à prendre et impossible à regretter.

Je lui dirais : « J'y ai pensé ce matin, seul dans mon bureau, c'était une évidence. »

Ma femme aurait-elle moins de peine si je la quittais pour une femme de 48 ans ou plus ?

Ma femme encaisserait-elle mieux la nouvelle si Alix n'était pas si jeune ?

Quelle serait ma réaction si, un soir au cabinet, bien après le départ de la secrétaire, mon associé toquait à la porte de mon bureau pour m'annoncer : « Je quitte ma femme. Tu as assisté à mon mariage il y a sept ans mais je quitte ma femme pour une femme de 30 ans » ?

Et si, au bout de deux ans, cela ne marchait pas entre Alix et moi ? Et si au bout de deux années de vie commune, on se rendait compte, elle et moi, que nous nous étions trompés ?

Et si je n'arrive pas à lui faire un enfant parce que mes spermatozoïdes ne sont plus assez nombreux ? Pas à cause de mon âge – le potentiel reproducteur d'un homme de plus de 50 ans équivaut à 90 % de celui d'un homme de moins de 30 ans – mais à cause de la cigarette et du stress.

De la culpabilité.

Et si je dégringole physiquement et que je marche avec une canne, si j'ai un cancer de la prostate, si

je suis atteint de dysfonction érectile comme 20 %
des hommes entre 50 ans et 59 ans ?

Et si j'ai un accident cardiovasculaire ?

Est-ce qu'Alix restera avec moi ?

Je ne veux pas tout perdre.

Est-ce qu'Alix et moi nous exigerons un retour
sur investissement ? Parce que j'aurai divorcé et
qu'elle pensera avoir brisé une famille, déciderons-
nous de rester ensemble coûte que coûte, même si
nous n'en avons plus envie et que cela nous rend
malheureux ?

Aux heures les plus mélancoliques, quand la nuit
tombe en hiver ou certains dimanches nuageux, Alix
me trouvera-t-elle vieillissant ? Et moi, penserai-je
à ma femme et à ma fille avec des regrets ?

Mardi dernier, je suis rentré tard.

Nous avons fêté, c'était improvisé, la fin de
l'année au cabinet. Je suis arrivé chez Alix après
minuit, j'étais ivre et de très bonne humeur, j'avais
le hoquet.

Alix dormait dans la chambre et je riais tout
seul dans sa cuisine.

En me servant un verre d'eau pétillante, j'ai vu
sur le plan de travail gris, à côté de la salière et
du poivrier, une bague.

Quel endroit improbable pour un bijou.

Alix ne porte pas de bijoux.

C'était un anneau en or – il y avait le poinçon –
très fin et légèrement biseauté. Le hoquet m'est
passé et l'envie de rire aussi parce que cet anneau,
on aurait dit une alliance. Je me suis demandé si

Alix, ce soir-là ou un autre, avait essayé l'anneau. Si elle l'avait passé à son annulaire gauche, avait tendu les bras et penché la tête sur le côté pour regarder ses mains. Appuyée contre le plan de travail, éclairée par la lumière de la hotte, elle avait dû se dire : « Alors ça ressemblerait à ça ? »

J'y ai pensé parce que, à Marseille, dans la salle de bains du premier étage, après avoir remis la chaîne du vélo de ma fille qui avait déraillé un dimanche, j'ai enlevé mon alliance. Je l'ai posée sur le bord du lavabo et, pendant que l'eau coulait, j'ai tendu les bras et j'ai regardé mes mains, sales et sans alliance. Des mains d'aventurier.

J'ai remis l'anneau à côté du sel et du poivre, sur le plan de travail gris.

Pourrais-je me remarier ?

Je suis allé me coucher et j'ai serré Alix si fort dans mes bras, je l'ai réveillée.

Le lendemain matin, quand j'ai bu mon café, il n'y avait plus d'anneau dans la cuisine.

Chaque semaine, je redoute le moment de laisser Alix. Nos séparations sont de plus en plus difficiles, comme si on répétait la vraie.

Le chagrin s'invite et je n'aime pas ce mot parce qu'il est plein de morve.

Avant de partir, je sens un fil se tendre dans ma gorge.

Avec Alix, l'heure qui précède mon départ est pénible, on ne sait pas comment l'occuper.

Nous n'avons pas assez de temps devant nous pour aller au cinéma ou pour nous promener et trop pour qu'il passe vite.

Sans réussir à nous y intéresser vraiment, nous cherchons des sujets de conversation autres que mon départ et la date de mon retour.

Pour nous distraire, nous regardons des vidéos d'humoristes sur YouTube, en tournant le dos à mon sac noir posé à côté de la porte d'entrée.

Nous n'osons pas trop nous éloigner de son appartement et, si nous le faisons, c'est pour aller au café en bas de chez elle.

La présence du serveur et des autres clients nous change les idées.

Je n'ai pas soif et Alix non plus. Nous partageons un Perrier, debout au comptoir, en essayant de ne pas regarder l'horloge murale.

Il m'est déjà arrivé de m'en aller vingt minutes avant l'heure prévue, pour arrêter d'attendre.

La solution que j'ai trouvée pour éviter cette situation, c'est de partir travailler tôt le vendredi matin et de prendre un avion directement en sortant du cabinet.

Mais le chagrin est arrivé la veille, d'abord le soir, puis le matin de la veille de mon départ.

Et l'avant-veille.

J'ai quitté Alix vendredi. À partir de mercredi, l'atmosphère dans son appartement était pesante. Nous avions tous les deux perdu notre naturel.

À force d'entrain et de bonne volonté, j'avais l'impression d'être le présentateur survitaminé d'une émission diffusée sur la première chaîne. Tout était « formidable » et « génial », je mettais des points d'exclamation à la fin de chacune de mes phrases.

Alix et moi étions tristes.

Jeudi soir, nous sommes allés au restaurant indien en bas de chez elle pour notre dernier dîner avant mon départ. Il faisait si doux, nous avons pu manger en terrasse, loin des radiateurs, mais en gardant nos manteaux.

J'ai beaucoup fumé.

Alix m'a lu le menu parce que j'avais oublié mes lunettes. J'aurais pu me débrouiller et déchiffrer les plats, je commence à les connaître. J'ai écouté Alix, elle aime bien lire pour moi.

Elle a lu le menu entièrement, les descriptions de chaque plat et même les desserts, les prix et les suppléments, à voix basse pour ne pas me mettre mal à l'aise, en s'interrompant pour dire : « Ça devrait te plaire » ou « Je vais peut-être prendre ça », toute droite et les bras croisés sur la table, comme une élève appliquée.

Je l'ai embrassée à pleine bouche comme on pousse un profond soupir de soulagement. Elle avait le nez froid et la langue chaude. J'ai pensé qu'on avait bien fait d'aller au restaurant, de sortir de chez elle, je me suis dit que le dîner allait bien se passer, comme avant, quand un dîner suffisait, quand un dîner était un dîner et qu'on en profitait, de la lecture du menu au dessert, et même jusqu'au café après le dessert et au pourboire après le café.

Maintenant, il faut plus qu'un dîner pour rendre Alix heureuse.

Après avoir passé la commande, nous avons choisi nos sujets de conversation en évitant soigneusement Noël.

Je ne pouvais pas lui demander ce qu'elle allait offrir à ses parents, à ses frères et sœurs, et aux enfants parce qu'elle n'allait pas me demander ce que j'allais offrir à ma femme.

J'ai dû répéter plusieurs fois à Alix quel jour je partais à New York.

Lundi, à 15 heures, pour dix jours.

Alix m'a proposé de fêter Noël avec elle au mois de janvier. Nous avons presque réussi à nous persuader que c'était original.

Pendant le dîner, Alix a écouté des bribes de conversation de nos voisins et cela ne m'a pas vexé. Deux amis de longue date, un peu plus jeunes que moi, qui ne s'étaient pas vus depuis longtemps. Alix a chuchoté à mon oreille : « J'aime bien les amitiés entre hommes ! » Elle les écoutait, la tête penchée sur le côté, en souriant. À un moment, son regard s'est fixé sur le cendrier. Elle a cette capacité à rentrer en elle. Ses pensées deviennent opaques.

Où va-t-elle ?

Après le dîner, Alix et moi avions encore la nuit à traverser. Pendant combien de temps n'allions-nous pas nous voir ? Trois semaines ?

Elle était sous la douche et je l'attendais au lit. Sans doute pensions-nous à la même chose.

Nous allons faire l'amour. Il faut faire l'amour puisque je pars demain.

Les nuits avant mes départs ressemblent à celles des débuts d'histoire, corsetées.

À choisir, j'aurais voulu dormir à l'intérieur de son corps, sans bouger. Est-ce possible physiquement ? Tous les deux en chiens de fusil. Derrière elle, la pénétrer sans jouir et rester l'un dans l'autre jusqu'au réveil.

Alix m'a rejoint au lit, enroulée dans sa serviette.

Les pointes de ses cheveux étaient mouillées, ses jambes étaient fraîches.

Nous avons fait l'amour et elle s'est accrochée à moi, même avec son sexe.

Vendredi matin, je me suis levé et, comme une punition, il pleuvait.

J'ai pris ma douche et je me suis habillé. Dans la cuisine, j'ai bu un café en fumant une cigarette, à la fenêtre.

Alix est restée au lit, je lui étais reconnaissant de faire semblant de dormir.

J'ai préparé mon sac.

J'ai ramassé ma trousse de toilette sur le petit tabouret à côté du lavabo de la salle de bains, j'ai récupéré le tee-shirt que je portais la veille et qui traînait sous le jean d'Alix, sur le fauteuil de sa chambre, j'ai pris ma chemise accrochée dans la penderie, à côté de ses vêtements, j'ai laissé volontairement deux tee-shirts à moi pliés sur une étagère et une paire de chaussettes, j'ai débranché le chargeur de mon ordinateur dans la cuisine et celui de mon téléphone portable, je n'ai pas oublié mes lunettes pour lire, posées sur la table de nuit, j'ai mis le livre qu'Alix m'avait prêté dans la poche extérieure de mon sac pour qu'il soit facilement accessible, j'ai ramassé les deux verres et la bouteille de vin vides qui traînaient encore dans le salon, au pied du canapé. J'ai donné des croquettes au chat.

Même si j'ai fait très attention et que j'ai attendu la dernière minute pour mettre mes chaussures,

83

pendant que je rangeais mes affaires, le parquet craquait.

Pour les clefs, j'ai hésité.

En mettant mon manteau, j'ai pensé que, si jamais Alix s'enfermait hors de chez elle, elle pouvait téléphoner à sa femme de ménage. Mais si Alix décidait de partir quelque part pour le Nouvel An, il valait mieux que sa voisine récupère le trousseau.

Dans l'entrée, mon manteau sur le dos et les clefs d'Alix dans la poche droite, je me suis dit que je pouvais simplement lui demander : « Est-ce que tu auras besoin de mon jeu de clefs pendant les fêtes ? »

Même si je savais qu'elle ne dormait pas vraiment, je n'ai pas eu envie de la réveiller pour cela, ni que cela soit notre dernier échange.

Avant de partir, quand je m'assois au bord de son lit, au moment de l'embrasser, je dois dire quelque chose : « J'y vais », « Je t'appelle », « Passe de bonnes fêtes ». « Est-ce que je garde tes clefs ? » cela ne va pas.

Je me suis penché et, en l'embrassant sur la joue, le front, dans le cou, sur la bouche, j'ai chuchoté : « Ça va être un peu long. »

Je n'ai pas eu la patience d'attendre l'ascenseur. J'ai dévalé les escaliers.

Je suis sorti de l'immeuble et, dans la rue où il faisait jour, je suis monté dans le taxi qui m'attendait sur une place de livraison. Il a démarré, il a enfin quitté la rue d'Alix et j'ai basculé ma tête en arrière, contre le fauteuil en cuir noir.

Avant de monter dans le taxi, je ne me suis pas retourné.

Je n'ai pas levé les yeux vers la fenêtre de l'appartement d'Alix, à l'endroit où j'ai bu mon café, et d'où elle me regarde partir, à chaque fois.

À chaque fois, et ça m'agace certains jours quand je suis dans la rue et que j'attends un taxi qui n'arrive pas, Alix reste à sa fenêtre, alors je me sens obligé de faire le clown ou je lui envoie des baisers avant de tourner au coin de la rue Gérando.

Il arrive que des gens le remarquent, par exemple le chauffeur du taxi ou, si je décide de prendre le métro, un autre piéton qui attend à côté de moi que le petit bonhomme passe au vert. Ils cherchent à qui je m'adresse, ils lèvent la tête en regardant autour d'eux et cela finit par me mettre de bonne humeur. Leurs femmes les regardent-elles partir, le matin, depuis la fenêtre ? Ils ne savent pas qu'Alix n'est pas ma femme.

La première fois que je suis parti de chez Alix, j'ai fait un grand détour pour arriver à la station de métro. Je portais mes vêtements de la veille, je regardais chaque boutique, chaque commerce avec l'émerveillement du manque de sommeil. J'espérais que j'allais revenir.

Ma chemise était froissée et je me demandais ce que j'allais bien pouvoir répondre si on m'en faisait la remarque. Je n'avais pas le temps de repasser à l'hôtel pour me changer et je n'avais pas de chemises neuves encore emballées, comme les héros des films américains, dans une armoire de mon bureau au cabinet.

Depuis quand n'avais-je pas porté deux jours de suite le même caleçon et la même paire de chaussettes ?

Dans mon caleçon de la veille, je retrouvais la sensation légère des lendemains de fêtes.

Je me souviens de ce matin-là comme d'un matin d'été. Je me vois marcher sans manteau dans la rue mais je portais un manteau puisque c'était au mois de janvier. Dans mon souvenir, les arbres étaient feuillus mais ils ne pouvaient pas l'être, il y avait sûrement encore les décorations de Noël.

Je me souviens de ce matin-là comme d'un matin d'été, à cause de l'insouciance. Toutes les femmes que je croisais étaient belles, même si elles ne portaient pas de robes légères, et les hommes aussi étaient beaux. J'ai eu envie de m'arrêter pour boire un café et profiter du soleil.

Mais à cette période de l'année il n'y a pas de terrasses ou alors elles sont couvertes et chauffées avec des radiateurs extérieurs.

Avant de traverser le carrefour, au pied de l'immeuble d'Alix, je me suis retourné en espérant qu'elle serait à sa fenêtre. J'ai fait un pari avec moi-même : si elle est à sa fenêtre, alors je reviendrai et nous ferons l'amour, encore.

Alix était là, à la fenêtre de sa cuisine. Elle se tenait bien droite. Je lui ai envoyé un baiser avec le majeur et l'index. En levant le bras vers elle, j'ai cru que j'allais m'envoler.

Depuis, elle y est à chaque fois. C'est notre rituel.

Elle est tenace, en amour et pour le reste.

Elle dit qu'il ne faut pas faire les choses une seule fois, il faut les faire à chaque fois.

Dans la rue, le matin en partant, je lève la tête et j'espère qu'elle sera là. Il y a une fraction de seconde de suspense.

Elle apparaît.

Parfois, elle change de fenêtre pendant qu'elle me regarde.

Ou elle arrive plus tard, je me suis déjà retourné une fois, deux fois, personne, j'ai bien entamé la rue et sa silhouette se dessine, enfin, en peignoir, une tasse de café à la main.

Elle se met toute nue.

Elle me fait de grands signes et je ne comprends pas ce qu'elle veut dire.

Je ne peux pas voir l'expression de son visage derrière la vitre mais, à la posture de son corps, je devine si elle heureuse ou si elle est triste.

Alix est heureuse quand elle sait que je reviens le soir.

Si je fais une moyenne, je dors régulièrement chez elle depuis huit mois, soit deux cent trente-quatre jours. Si je soustrais à ce nombre les week-ends, les vacances et mes déplacements à l'étranger, je peux affirmer qu'Alix s'est mise au moins cent trente fois à sa fenêtre pour me regarder partir.

C'est beaucoup.

Pourquoi, vendredi, n'ai-je pas regardé vers sa fenêtre avant de monter dans le taxi ?

Je n'ai pas baissé la vitre et je ne me suis pas penché.

M'a-t-elle regardé partir ? A-t-elle vu le taxi noir tourner au bout de la rue après avoir mis son clignotant ?

Le taxi a roulé vers le boulevard Magenta. Nous avons quitté l'arrondissement d'Alix.

Au niveau de la gare de l'Est, dans le flot des piétons qui traversaient, j'ai reconnu l'un de ses amis. J'ai eu envie de baisser ma vitre pour l'interpeller.

C'est un ami proche, peut-être qu'il sait pour nous, et ça m'a fait plaisir de le voir. J'imaginais déjà la conversation téléphonique au cours de laquelle je demanderais : « Tu ne devineras jamais qui j'ai vu en allant à l'aéroport ? » J'ai pris ça pour un signe, même si je ne savais pas lequel. Un dernier lien avec Alix, avant de quitter Paris.

Pourquoi n'avais-je pas levé les yeux vers sa fenêtre ? Juste un coup d'œil.

Porte d'Italie, le taxi a pris l'A6 direction Lyon et cela roulait bien malgré la pluie.

À la radio, il y avait un reportage sur le succès de la pièce de théâtre *Les Monologues du vagin*. Le journaliste énumérait des chiffres à toute vitesse en appuyant sur chaque première syllabe comme un commentateur sportif. Traduit dans *cin*quante langues, joué dans *cent* trente pays, plus de *trois* mille cinq cents représentations en France.

Ensuite, ils ont passé un montage d'extraits de la pièce, interprétés par différentes actrices.

J'ai trouvé ça comique, même si je n'étais pas d'humeur à rire, deux hommes qui ne se connaissent pas et qui, dans la promiscuité d'une voiture, écoutent plusieurs femmes parler de leur vagin.

J'ai regardé le chauffeur dans le rétroviseur central, il n'avait pas l'air gêné. Peut-être qu'il n'écoutait pas ou alors qu'il avait déjà entendu ce reportage plus tôt dans la matinée, pendant une autre course.

Je ne sais pas combien de fois le mot « vagin » est sorti de l'autoradio.

De peur que cela soit mal interprété, je n'ai pas demandé au chauffeur de changer de station.

Je ne crois pas avoir de problème avec ce mot-là mais au bout d'un moment, à force d'être répété, « vagin », ça m'a cassé les oreilles.

Les panneaux bleus ont commencé à indiquer « Orly ».

J'ai regardé ma montre, j'avais prévu trop large, je serais en avance à l'aéroport.

Que faisait Alix ?

S'était-elle levée ?

Buvait-elle un café assise à ma place dans le lit ?

Alix boit son premier café le matin au lit. Avant de la connaître, je préférais dormir jusqu'à la dernière minute et me lever d'un coup, sans réfléchir, parce qu'il fallait se lever.

La veille au soir, elle règle son réveil avec quinze minutes d'avance et, quand il sonne elle ne va pas directement sous la douche, ni aux toilettes, elle n'allume pas la lumière, elle va nous préparer un café. Puis Alix revient dans la chambre sur la pointe des pieds, elle pose une tasse pour moi sur la table de nuit et elle boit son premier café au lit, dans la pénombre.

Je l'entends souffler et avaler.

Elle me caresse les cheveux et je sors du sommeil, doucement, pendant que mon café refroidit.

Elle devrait acheter une machine à café avec l'option programmable mais elle ne le fait pas parce qu'elle a du mal à dépenser de l'argent pour de l'électroménager.

Elle m'a interdit de lui en offrir une.

Le compteur tourne, les chiffres verts me font penser à ceux qui indiquent l'heure sur le réveil d'Alix, les kilomètres s'additionnent entre elle et moi. À l'arrière du taxi, je commence à avoir chaud.

Est-elle sous la douche ?

Elle n'a tout de même pas déjà changé les draps ?

Et ma serviette encore humide, l'a-t-elle immédiatement jetée dans le tambour de la machine à laver ?

Il y a des embouteillages sur l'autoroute en direction de Paris. Les voitures ont leurs phares allumés, le temps est maussade.

Il y a de la buée sur le pare-brise du taxi et le bruit des essuie-glaces me tape sur le système. Je baisse ma vitre, le chauffeur me regarde, je lui demande si cela ne le dérange pas. Cela ne le dérange pas mais il éteint le chauffage.

Je transpire de la nuque, j'enlève mon manteau. Le siège passager est trop reculé, je n'arrive pas à étendre mes jambes.

Je m'impatiente, j'ai envie de sortir de la voiture. Je regarde mon iPhone, pas de texto ni d'appel d'Alix. J'ouvre un peu plus la vitre, des petites gouttes de pluie tombent dans l'habitacle sur le revêtement en cuir.

J'ai envie de demander au chauffeur de faire demi-tour même s'il y a des embouteillages, la prochaine sortie est dans deux kilomètres. Tant pis, je raterai mon avion.

J'imagine la tête d'Alix si je revenais, si j'ouvrais sa porte avec ma clef pour la rejoindre au lit. Elle n'y croirait pas !

Quand vais-je la revoir ?

La prochaine fois me paraît si loin, j'ai peur qu'il n'y en ait pas.

Nous n'avons pas convenu d'une date précise, nous n'avons pas fixé de jour comme on fixe un rendez-vous chez le médecin. Il n'y a pas de décompte possible. À l'arrière du taxi, je ne peux pas me raisonner : « Dans vingt-deux jours, je la revois. Ça passe vite, vingt-deux jours. »

Et si nos retrouvailles n'avaient pas lieu ?

Pourquoi ai-je mis mon manteau pour lui dire au revoir ?

Pourquoi ne l'ai-je pas serrée encore une fois contre moi ? J'aurais pu me lever, sortir de sa chambre, et revenir sur mes pas. Encore un, encore un baiser !

Je suis parti vite, comme si j'allais revenir le soir. J'ai essayé de ne pas faire trop de bruit en ramassant mes affaires.

Pourquoi n'ai-je pas enfoncé mon nez dans son sexe avant de partir ?

J'aurais pu lui apporter son café au lit.

Ou lui laisser un mot sur la table de la cuisine.

C'est le genre de chose qu'elle fait.

En bas, dans la rue, je me suis précipité à l'arrière du taxi.

Pourquoi suis-je celui qui part ?

J'ai envie de téléphoner à Alix mais je ne le ferai pas à l'arrière d'un taxi. J'imagine notre conversation et, mon visage s'anime. Je dis « Allô, mon amour », je dis « Je suis heureux de t'entendre », je dis « Tu me manques » et je dis « Je suis désolé », je trouve les bons mots, facilement, sans hésitation, les mots qui pourraient dénouer le nœud que j'ai dans la gorge. Je voudrais pouvoir tout régler en un coup de téléphone mais je me connais, je n'aime pas ça, le téléphone, je suis gêné et tendu, j'interprète mal les silences, et quand je raccroche, c'est encore pire.

Orly approche et je suis pris des angoisses les plus folles. J'ai peur que mon avion s'écrase. Si je demande au chauffeur de faire demi-tour, j'ai peur d'avoir un accident en direction de Paris.

Je ne me suis pas retourné, je ne l'ai pas regardée à la fenêtre. Pour Alix, c'est un affront.

Elle accepte tout, ma femme, ma fille, mon père, New York, mais le coup de la fenêtre, cela ne passera pas.

Quand je reviendrai, elle ne m'ouvrira pas.

Le chauffeur m'interrompt.

Dans ma main, j'ai serré les clefs d'Alix si fort, elles ont laissé une empreinte sur mes doigts.

Il me demande le terminal.

J'ai répondu « Ouest », à contrecœur.

Ma femme veut que je la baise et pas n'importe comment, avec tendresse.

Elle veut que je lui tienne le visage entre mes mains et que je l'embrasse dans le cou, peut-être aussi que je lui chuchote à l'oreille que je l'aime, qu'elle est ma femme et que je la trouve belle.

Ma femme veut que je la baise.

Elle a frappé à la porte du bureau et elle a attendu que je réponde « Oui » pour l'ouvrir. Elle est venue s'asseoir sur le canapé et, après un long silence, elle a dit : « Depuis que tu es rentré, nous n'avons pas fait l'amour » comme elle aurait pu dire : « Il faut qu'on parle. »

Elle répète : « Nous ne faisons plus l'amour. »

Ce n'est pas vrai !

Quand elle compare ma peau froide à celle d'un serpent, je la trouve injuste.

Est-ce qu'elle s'est regardée ?

Ma femme a l'air hautain des gens blessés. Elle est assise au bout du canapé, le dos droit, une main posée sur chaque genou. De la poche de son jean dépasse un mouchoir en papier blanc. Ses pieds nus sont cambrés sur le sol en pierre.

Je suis debout au milieu du bureau, les mains dans les poches, en chaussettes parce que, à l'étage, il faut enlever les chaussures.

Je nous trouve vieux et ça me met en colère.

J'ai envie de me jeter sur ma femme et peu importe si elle se cogne la tête contre la table basse. J'ai envie de lui arracher ses vêtements et de la baiser tout de suite comme un acteur de films pornos.

Nous ne faisons plus l'amour ?

Ou alors ne pas la déshabiller. Juste ouvrir ma braguette et faire glisser son jean en même temps que sa culotte en lui griffant les fesses. Et baver dans la paume de ma main pour mouiller son sexe et y enfoncer le mien.

Rien que d'y penser, ça m'excite.

Avancer vers elle et saisir son visage, je sais qu'elle aimera ça, il suffit que je pose mes mains sur ses tempes pour lui faire passer ses maux de tête.

Je ne la lâcherai pas quand je taperai au fond de son palais avec mon sexe, juste à côté de sa glotte.

C'est moi qui donnerai le mouvement de va-et-vient avec mon bassin. Et si sa nuque devient raide, je banderai plus encore.

J'ai envie de prendre ma femme, par terre, au pied du canapé, même si elle s'écorche la joue et le menton en les frottant contre le sol en pierre.

Alors ma femme pourra crier, même si mon père est dans la chambre d'amis à côté et qu'il n'est pas sourd, parce que je la ferai jouir.

« Nous ne faisons plus l'amour. »

La colère me quitte et je me sens coupable.

Depuis quand suis-je devenu l'adversaire de ma femme ?

Elle a raison de vouloir parler. « N'oubliez pas de vous parler », c'est le maire qui nous l'avait dit pendant notre cérémonie de mariage et cela nous avait émus.

Ma femme ne me fait pas de reproches, elle commence la plupart de ses phrases par « je » et non pas par « tu », elle dit sincèrement ce qu'elle ressent.

Elle voudrait comprendre.

Son discours est clair, sans hésitations, elle a dû le préparer depuis longtemps, point par point.

Elle ne cherche pas ses mots mais elle a la voix qui tremble.

Depuis quelques mois, quand elle me téléphone à Paris, avant même de lui dire bonjour, je commence par : « Je n'ai pas le temps. »

Ma femme va-t-elle me demander s'il y a quelqu'un d'autre ?

« Nous ne faisons plus l'amour » et ça la rend triste.

Dans la rue, je marche les poings fermés à côté d'elle. Je pars de plus en plus tôt le dimanche, j'arrive le samedi matin à Marseille. À peine a-t-elle le temps de s'habituer à ma présence, je m'en vais. À peine a-t-elle le temps de s'habituer à mon absence, me voilà de retour.

Ma femme ne s'énerve pas, elle ne jure pas, elle ne ponctue pas ses phrases de : « J'en ai marre. »

Elle parle doucement pour que mon père et notre fille ne nous entendent pas.

Pour ne pas pleurer.

Elle se demande tout haut s'il fallait avoir cette conversation juste avant notre départ pour New York.

« Nous ne faisons plus l'amour » : c'est amusant parce qu'elle pensait que, dans un couple, c'étaient plutôt les hommes qui se plaignaient de ça.

Je vais m'asseoir à côté d'elle et, comme je ne sais pas quoi dire, je la touche. Je remets en place une mèche de cheveux derrière son oreille. Je passe mon bras droit autour d'elle.

Quand elle sourit, ma femme sourit avec sa bouche, avec ses joues, avec son nez et aussi avec ses yeux. Elle a de petites dents blanches serrées les unes contre les autres et les rides au coin de ses yeux dessinent sur sa peau des ailes de papillon.

Je la trouve belle.

Ma femme pose sa tête sur mon épaule et je caresse ses cheveux.

Sur sa nuque, à la naissance de son cou, elle a un pli de chair. L'été, quand elle est bronzée, si elle penche la tête en avant pour lire, elle a une marque blanche, très fine, comme celle du cordon d'un maillot de bain ou d'un collier.

Je passe l'index le long de ce pli de peau et cela donne à ma femme la chair de poule.

Pendant toute la période où je fréquentais Alix avant d'avoir fait l'amour avec elle, il m'arrivait, dans notre lit à Marseille, le week-end, la nuit ou le matin, de désirer ma femme très fort.

Je la déshabillais, même si elle dormait.

C'était l'année dernière.

J'embrassais les seins de ma femme, le ventre de ma femme, les paupières de ma femme. Je devenais lyrique en léchant le sexe de ma femme – « De ce sexe-là, notre fille est sortie » – et je la léchais de plus belle.

Je bandais beaucoup et longtemps. Je ne manquais ni de salive ni de sperme.

Je faisais l'amour avec ma femme en l'écrasant de tout mon poids et je tenais son visage entre mes mains pour la regarder jouir.

J'arrivais à Paris et me précipitais sur mon téléphone pour voir Alix.

Est-ce que je fais encore l'amour avec ma femme ? Alix m'a posé cette question pour qu'on arrête d'utiliser des préservatifs.

Les six premiers mois, avec Alix, nous avons été « prudents », ce qui n'était pas évident, surtout pour moi qui n'avais pas l'habitude.

J'avais acheté une boîte de vingt préservatifs dans un magasin de grande distribution au rayon pansements. Ils avaient une odeur sucrée et ils étaient difficiles à manipuler. Quand je faisais l'amour avec Alix, j'avais l'impression d'avoir une ventouse autour du sexe.

J'étais surpris qu'elle n'ait pas de préservatifs cachés derrière des produits de beauté sur une étagère dans sa salle de bains.

Finalement, elle en a acheté d'une autre marque dans une pharmacie, avec des antihistaminiques parce que j'ai eu peur d'être allergique au latex, moi qui ne suis allergique à rien.

Je me suis souvenu de ce type à la télévision, pour une campagne de prévention, qui disait qu'il fallait souffler dedans pour vérifier qu'il n'était pas percé. Je trouvais cela grotesque et Alix m'a dit que, vraiment, ce n'était pas nécessaire.

Parce qu'on utilisait des préservatifs, parce que je devais me lever, nu, pour en chercher un dans la salle de bains, parce qu'il fallait déchirer l'emballage et tout interrompre, le dérouler en pinçant le réservoir, parce qu'il y avait le risque que je n'arrive pas à le mettre et que je débande, les six premiers mois, je ne pénétrais pas Alix à chaque fois avec mon sexe.

J'y trouvais mon compte. Il me semblait, et c'est un peu stupide, que je trompais moins ma femme en pénétrant Alix avec mes doigts ou avec ma langue.

En collant mon crâne contre son sexe.

Qu'est-ce que je croyais ? Qu'il y avait différents stades dans l'infidélité comme pour les infractions du code de la route ?

Si je me faisais contrôler au lit avec Alix par la police de l'infidélité, je pourrais montrer mes papiers et dire : « Monsieur l'agent, il y a eu stimulation des zones vaginale et anale mais pas de pénétration avec mon pénis. »

Et l'agent, non sans quelques mises en garde, m'aurait laissé repartir ?

Avant de faire l'amour avec Alix, j'ai imaginé faire l'amour avec Alix.

C'était le premier stade.

Je me suis perdu en conjectures sur son sexe, ses poils, leur couleur. Était-il épilé ? Comment ? J'avais déjà aperçu son ventre un jour où elle avait enlevé son pull énergiquement, son tee-shirt avait fait un petit bout de chemin avec. Ses reins aussi quand elle s'était penchée pour prendre son portefeuille dans son sac à main après un déjeuner avec moi. Je savais qu'elle ne portait pas de string et que ses seins étaient ronds, je les avais devinés à travers une chemise blanche.

Avec mon imagination, j'avais reconstitué le reste de son corps.

Je la convoquais au cabinet quand tout le monde était parti. Il y a une ambiance différente après 20 heures.

Elle marchait dans le couloir devant moi en regardant les tableaux accrochés aux murs et je ne trouvais pas de raison valable qui aurait pu expliquer sa venue.

Je lui mettais une robe blanche, un peu transparente et facile à enlever, avec des bretelles qui se nouent sur les épaules, même si ce n'était pas encore la saison. Et un sac en bandoulière. Je lui relevais ses cheveux en chignon, pour dégager sa nuque.

C'étaient des fantasmes de jeune homme et je m'y abandonnais avec plaisir.

Cela ne pouvait pas faire de mal.

Je me concentrais sur des sensations précises :

défaire ses bretelles, caresser sa peau, observer la réaction de sa peau.

J'avais le désir qui tirait dans la gorge.

C'était facile pour moi de me masturber à Paris, plus facile, je suppose, que pour un homme marié qui habite chez lui la semaine. Quand j'imaginais faire l'amour avec Alix, je ne me branlais pas à chaque fois.

Le week-end, je rentrais à Marseille et je désirais ma femme.

La semaine, à Paris, je voyais Alix autour d'un café ou d'un verre de vin, de plus en plus régulièrement.

Avant de la rejoindre, je me faisais des promesses que je ne tenais pas : il ne se passera rien, je ne poserai pas ma main sur son épaule ni sur sa cuisse, je n'effleurerai pas son menton, je ne ferai pas durer nos silences mais j'y vais quand même parce que j'ai envie de la voir et que cela me met de bonne humeur.

Assise en face de moi, Alix ne se doutait pas que nous avions déjà fait l'amour une bonne dizaine de fois.

Elle me racontait sa semaine.

Il y avait ce qu'Alix disait ou faisait, et mon interprétation.

Si elle disait : « J'ai mal dormi », je me demandais si elle avait fait une insomnie en pensant à moi.

Si elle laissait sa main posée sur la table à côté

de son verre, je me demandais si c'était pour me tenter de la prendre.

Si je la trouvais bien habillée, je me demandais si elle avait fait un effort parce qu'elle savait qu'elle me voyait.

En les plaçant au milieu de blagues, on utilisait des mots qui excitent, comme « jouir », « plaisir », ou « virilité ».

Après nos rendez-vous, je repassais la scène dix fois, vingt fois dans ma tête.

Je décortiquais tout.

Je changeais la fin. On ne se séparait plus sur le trottoir devant le café mais on allait dans un hôtel à côté. Je faisais l'impasse sur la scène avec le réceptionniste, cela commençait directement quand la porte de la chambre s'ouvrait, comme dans les films.

En marchant vers mon bureau, je caressais la ligne qui part du lobe de mon oreille droite jusqu'à mon menton, pour imaginer ce qu'Alix avait pu ressentir quand, avec mon index, j'avais caressé la ligne qui part du lobe de son oreille droite jusqu'à son menton.

Normalement, fantasmer, c'est prendre le risque d'être déçu.

Avec Alix, mes fantasmes ont alimenté mon désir, qui a provoqué le sien.

À chaque fois que mon cerveau se branchait sur Alix, il aurait peut-être suffi que je me censure en faisant une partie de cartes sur mon iPad, en téléphonant à ma femme ou à un ami.

J'aurais pu claquer des doigts chaque fois que je pensais à elle comme ma mère le faisait quand, petit, j'étais dans la lune.

Avant de pénétrer Alix, il m'arrive de lui chuchoter à l'oreille : « Je vais te pénétrer. »

Je m'annonce.

En prononçant le mot « pénétrer », je diffère l'acte de quelques secondes qui deviennent les plus excitantes.

Alix me dit ce qu'elle aime et ce dont elle a envie.

Elle me pose des questions quand elle touche mon sexe ou quand elle le lèche : « C'est mieux comme ci ou comme ça ? »

Elle décrit les parties de mon corps qu'elle préfère et je l'écoute en gardant les yeux fermés. Elle aime mes épaules et mon tatouage bleu en forme d'étoile que je n'assume plus, mes biceps, mes fesses, mon aine et surtout mon sexe.

Elle aime que je sois circoncis.

Alix dit « ta bite » ou « ton sexe », parfois « ta queue ».

Elle aime prononcer les mots « bander », « baiser », elle les répète.

Elle aime que je lui parle de son cul.

Alix pose sa tête sur mon ventre et elle me caresse, longtemps. Je peux sentir son souffle.

Elle va partout, elle relève les yeux vers moi et guette mes réactions.

Quand je bande, elle est sérieuse.

Elle regarde mon sexe, elle l'effleure, à genoux elle me branle, elle me lèche, elle me suce, elle avale mon sperme.

Elle a glissé sa langue dans mon urètre et j'ai eu un sursaut, ce n'était pas très agréable.

Me trouve-t-elle coincé ? Vieux ?

Je sais qu'elle a eu plus de partenaires que moi.

Quand Alix a ses règles, nous faisons l'amour quand même. Ses seins sont plus gros et chauds. Autour de ses tétons, il y a des veines bleues, on dirait des constellations.

Elle m'a fait pincer la chair à la naissance de sa poitrine, c'est granuleux comme de la terre.

À l'époque des préservatifs, je trouvais ça plus simple pour la pénétrer.

Le sang qu'elle perd a le goût du fer. Il sèche sous mes ongles et traverse le drap housse pour tacher le matelas.

Quand je ne suis pas là, Alix se prend en photo. Elle me les envoie par MMS ou par mail, et le désir grimpe. Toute cette mise en scène m'excite beaucoup.

« Est-ce que tu fais encore l'amour avec ta femme ? » Alix m'a posé la question au bout de six mois.

Aurais-je dû lui dire la vérité ?

Alix et moi avons arrêté d'utiliser des préservatifs.

Nous avons arrêté d'interrompre le moment.

Désormais nous pouvons faire l'amour partout.

Dans son corps, il y a une place pour moi. Je la pénètre et nous n'avons plus de sexe, ni elle ni moi.

Nous ne pouvons plus revenir en arrière.

Je fais l'amour avec Alix, je fais l'amour avec ma femme. Je ne sais plus qui je trompe avec qui.

Mes chaussettes, mon caleçon, mon pantalon et mon gros gilet gris sont sur le sol en pierre. Je n'ai pas enlevé ma chemise mais je l'ai complètement ouverte.

Mon père est dans la maison et ma fille aussi, je les entends au rez-de-chaussée. Nous n'avons pas fermé la porte du bureau à clef.

La peau de ma femme est douce, elle sent bon le lait qu'elle étale sur son corps après le bain. Ses cuisses sont chaudes.

J'embrasse son ventre.

Je retire sa culotte. L'élastique a laissé une empreinte, une petite natte, juste au-dessous de son nombril.

Les poils du sexe de ma femme sont noirs et brillants. Je les caresse avec mon nez, avec ma bouche et sa respiration s'accélère.

Le sexe de ma femme n'est pas mouillé. Pas même humide.

Je ne comprends pas.

Pourquoi respire-t-elle comme cela ?

Pourquoi n'arrête-t-elle pas de répéter mon prénom ?

J'y vais franchement : j'écarte ses lèvres avec ma langue.

C'est ce qu'elle voulait ? Tout à l'heure elle a

dit : « Depuis que tu es rentré, nous n'avons pas fait l'amour. »

Je suis vexé mais je bande.

Je fais l'amour avec ma femme, je suis au-dessus d'elle, je tends les bras, je relève mon bassin et je regarde mon sexe entrer dans le sien.

Je regarde son visage, et dans un mouvement pendulaire, je passe de l'un à l'autre.

J'ai retiré ma chemise.

Elle a résisté au niveau du poignet gauche à cause de ma montre. J'ai dû me mettre à genoux pour remettre la manche à l'endroit, enlever ma montre, ouvrir le bouton et libérer mon poignet.

Tout ce qui, avant, nous faisait rire, la chemise qui ne veut pas s'enlever, notre fille qui nous appelle du rez-de-chaussée, nous met, ce matin, mal à l'aise.

Je vois mon reflet dans l'écran de l'ordinateur.

D'habitude, j'aime me regarder.

Je tiens le visage de ma femme entre mes mains comme elle aime, elle me serre fort dans ses bras et entre ses jambes, ses talons à l'arrière de mes cuisses tapent.

Ma femme bouge ses hanches de plus en plus vite en soulevant ses fesses du canapé, elle doit sentir que je commence à débander.

Si je veux garder mon érection, il faut que je sorte le moins possible de son corps et surtout que je ne pense pas à Alix.

Je me remémore les images qui m'ont excité tout à l'heure.

Je m'agite et je transpire. J'ai peur de faire mal à ma femme, je lui demande si ça va, nous changeons de position.

Ma bite glisse. Je suis dehors, je ne bande plus assez. Je comprime la base de mon sexe entre mon pouce et mon index pour qu'il reste dur.

Je n'arrive plus à pénétrer ma femme.

Elle se relève sur ses avant-bras, je n'ose pas la regarder. Je me branle tout près de son sexe, je suis à genoux, je me branle au point de me faire mal.

Ma femme pose sa main sur la mienne, elle m'arrête.

Je ne bande plus du tout.

Nous ne faisons plus l'amour.

Je me suis levé pour aller dans la salle de bains.

Sous la douche, à cause du bruit de l'eau, je n'ai pas entendu ma femme entrer.

Elle a tiré la porte en verre et elle m'a rejoint.

Sans un mot, elle a pris le pommeau de mes mains, elle s'est rincé le corps, elle a augmenté la pression du jet et elle l'a gardé longtemps contre ses seins. La tête inclinée en arrière, elle a mouillé ses cheveux, les gouttes divisaient ses cils en triangles.

Dans la salle de bains, il y a eu de plus en plus de buée. Ma femme a accroché le pommeau au-dessus de nos têtes et elle a commencé à me savonner le dos.

Mon sexe reposait contre sa cuisse, j'étais bien dans ses bras. L'eau sur ma nuque était très chaude.

J'ai uriné.

Ça coulait le long des jambes de ma femme, ça s'est mêlé à l'eau et à la mousse dans le bac à nos pieds.

Après, je me suis remis à bander.

En arrivant vendredi soir à Marseille, j'ai envoyé un mail à Alix que j'avais commencé à formuler mentalement à la descente de l'avion.

J'ai écrit : « Je suis bien arrivé. Je t'appelle demain », sans préciser l'horaire ni mentionner le coup de la fenêtre, et j'ai terminé par l'embrasser, plusieurs fois, en lui donnant beaucoup de détails.

Un mail, c'est mieux qu'un texto.

Samedi matin, j'ai ouvert les yeux bien avant que le réveil sonne et j'ai tout de suite pensé, aujourd'hui, je dois téléphoner à Alix.

C'est peut-être même ce qui m'a réveillé.

Il faisait trop froid de l'autre côté de la couette pour me lever, alors je suis resté au lit à écouter ma femme dormir profondément.

Il s'agissait sûrement du souffle du vent, dehors, dans les arbres, que je réinterprétais à la surface de mon sommeil mais j'ai cru entendre la respiration de ma fille dans sa chambre et celle, plus lourde, de mon père se mêler à la respiration de ma femme, à l'unisson.

Si j'arrivais à accorder ma respiration à celle de ma famille, pourrais-je me rendormir ?

Sur la table de nuit, mon iPhone était posé en mode avion, noir et silencieux.

J'ai pris mon petit déjeuner seul, à la lumière de mon écran de téléphone, en effaçant un à un, sans les relire, tous les textos et les mails d'Alix.

En chargeant les messages les plus anciens, j'ai pu vérifier la fréquence de nos échanges. Combien de temps sommes-nous restés, Alix et moi, sans nous donner de nouvelles ? Depuis le mois d'avril, jamais plus de trois jours d'affilée.

J'avais envie de lui écrire mais rien de bien ne venait.

Et si je lui téléphonais ? J'aurais pu lui laisser un message la voix enrouée de sommeil ou, si elle n'avait pas éteint son portable, la réveiller avec des mots d'amour.

La lumière dans le couloir s'est allumée et j'ai reconnu le pas de ma femme au craquement des marches de l'escalier.

Mon goût pour les hypermarchés de province m'a quitté quand j'ai emménagé à Marseille. Longtemps, c'était dans mon esprit synonyme de vacances et d'espadrilles trouées. J'étais le premier volontaire pour flâner dans les allées de yaourts et promener, à l'avant d'un caddie, les enfants des amis avec qui je partageais une location.

Samedi, dans le Carrefour de Bonneveine, il faisait si chaud, ma femme avait noué son anorak autour de la taille. Quand elle se penchait pour regarder les produits sur les rayons inférieurs, le cordon pour ajuster sa capuche traînait par terre.

J'aurais préféré rester à la maison et lire le roman qu'Alix m'avait prêté, mais je ne pouvais pas laisser ma femme faire les courses toute seule.

Même si c'était à moi de donner des nouvelles, j'ai souvent consulté mon iPhone et je profitais d'être envoyé dans un autre rayon ou de faire la queue chez le boucher pour relever mes mails. Pendant qu'ils se téléchargeaient, le cœur battant, je laissais mon tour à la personne derrière moi.

Pas de mail d'Alix.

Je ne savais pas si j'étais déçu ou soulagé.

Le coup de téléphone que je devais passer à Alix a pris une telle importance au cours de cette journée, je n'ai cessé de le repousser.

Je rêvais d'un coup de téléphone tendre et impossible à conclure, tant il y avait de choses à se dire.

Je redoutais une conversation qui aurait du mal à démarrer et les silences d'Alix.

Je ne savais pas quoi lui raconter. Quoi de neuf depuis mon arrivée à Marseille ? Le voyage pour New York qui se prépare ? À la question : « Tu vas bien ? », sous-entendu : « Est-ce que tu vas bien loin de moi ? », que répondre ?

Je ne voulais pas raccrocher avec un sentiment désagréable et l'envie de rappeler immédiatement pour effacer le coup de téléphone précédent par un nouveau coup de téléphone qui risquait d'être pire.

Je voulais raccrocher en souriant, comme avant.

En fin d'après-midi, j'ai jugé plus sage de reporter mon appel, encore une fois, au lendemain, et tout de suite après lui avoir envoyé un texto, je l'ai regretté.

Elle ne m'a pas répondu.

J'aurais mieux fait de l'appeler, même cinq minutes.

Hier matin, au moment où je m'apprêtais à sortir pour téléphoner à Alix et bien commencer la journée, ma femme est entrée dans notre chambre pour me dire que mon père ne se sentait pas bien.

Je me suis surpris à espérer que son taux de globules rouges soit trop bas pour qu'il puisse aller à New York.

Alors, il aurait fallu tout annuler.

Nous avons appelé le médecin, il est venu en fin de matinée et tout est rentré dans l'ordre. Quand je lui ai demandé si mon père prenait un risque en voyageant, il m'a rassuré.

Il m'a conseillé, au contraire, de profiter de nos vacances en toute tranquillité.

L'heure du déjeuner est arrivée et nous avions comme projet avec ma fille d'aller en ville, l'après-midi, afin de trouver un cadeau pour sa mère. La perspective de ce tête-à-tête me réjouissait.

J'ai garé la voiture devant un lavomatique et, en claquant la portière, j'ai reconnu l'odeur d'Alix. J'imagine que quelqu'un devait utiliser la même lessive qu'elle. Dans l'après-midi, pendant que ma fille gambaderait d'un magasin à l'autre, je trouverais un moment pour téléphoner à Alix.

Nous sommes allés à la FNAC et nous avons complètement oublié la raison de notre venue. J'empilais les DVD entre les mains de ma fille : « Tu as vu ce film ? », « Tu connais ce réalisateur ? », nous avons choisi le film du soir.

« Et pour maman, je prends quoi ? » Nous sommes allés voir du côté des beaux livres.

Dans la poche de mon manteau, mon iPhone s'est mis à vibrer.

C'était Alix.

J'aime quand elle me téléphone, elle pense à moi.

Il aurait suffi que j'aille au rayon musique pour discuter un peu avec elle mais je ne voulais pas me sentir coupable en décrochant et commencer par : « J'allais t'appeler. »

Si j'étais disponible pour lui parler maintenant, pourquoi n'avais-je pas téléphoné ? C'était plus logique d'être occupé et injoignable.

À chaque vibration, j'hésitais. J'avais envie d'entendre sa voix.

Je pouvais décrocher et lui dire : « Je ne peux pas te parler maintenant, je te rappelle » mais décrocher pour dire : « Je dois raccrocher », autant ne pas décrocher du tout.

J'imaginais Alix à l'autre bout du fil se demander, à chaque sonnerie, s'il y en aurait une suivante. Je lui reprochais de ne pas m'avoir laissé le temps de la rappeler.

La tête de ma fille dépassait entre deux présentoirs promotionnels, de toute façon j'avais prévu de le faire plus tard.

La vibration pour signaler l'arrivée d'un nouveau message vocal a tardé, sans doute à cause de la mauvaise réception à la FNAC. Une raison de plus pour ne pas décrocher et éviter une conversation entrecoupée de « Allô, allô, je ne t'entends pas ».

J'ai cru un moment qu'elle ne m'avait pas laissé de message.

C'est mauvais signe, un appel en absence sans message.

La voix d'Alix était douce et triste, je l'ai écoutée en me bouchant l'autre oreille avec la paume de la main.

Sur son message, entrecoupé de silences, elle me demandait de la rappeler parce qu'elle avait le cafard.

« Tu me manques ! »

Elle espérait que j'allais bien. La veille au soir elle était sortie dîner chez des amis. Elle m'embrassait.

Juste avant de raccrocher, comme si elle signait une lettre, Alix a dit son prénom.

Je lui ai envoyé un texto : « À la FNAC avec ma fille, je t'appelle en rentrant. »

J'ai écrit aussi : « Je te couvre de baisers. »

Alix aime bien quand je mentionne le fait que je suis avec ma fille, cela veut dire que je ne suis pas avec ma femme.

Elle a répondu sur-le-champ : « Alors à tout à l'heure. »

À tout à l'heure.

Dans sa tête, Alix a dû faire des pronostics : il est à la FNAC avec sa fille, il est 14 h 30, admettons qu'ils viennent d'arriver. La FNAC, elle sait que je peux y rester une heure, une heure et demie maximum, après, je bouillonne. 16 heures. Le dimanche avant Noël, il y aura du monde à la caisse. 16 h 30. Le temps de marcher jusqu'à la voiture avec peut-être encore une ou deux courses à faire, il sera 17 heures. Cela risque de mal rouler mais je n'aurai pas à chercher de place en bas de chez moi, j'ai un garage. 17 h 30.

Alix avait trois heures devant elle. À partir de quelle heure s'est-elle remise à attendre ?

Elle a effectué quelques tests comme appeler son téléphone portable avec son fixe et vice-versa. Il y a du réseau dans tout son appartement, il y en a toujours eu, même dans la salle de bains.

Le volume des sonneries de son téléphone fixe et de son portable était réglé au maximum. La batterie du portable était chargée et le téléphone fixe, elle a vérifié plusieurs fois comme obéissant à un TOC, bien encastré sur sa base.

Hier soir, à 20 h 10, nous dînons.

J'ai mis la table et, chaque fois qu'il manque du sel, du poivre, un couvert pour servir, je bondis de ma chaise pour aller le chercher.

À 20 h 40, je débarrasse.

J'imagine Alix, seule à sa grande table. Elle ne dîne pas dehors ce soir, pas deux soirs consécutifs.

Elle a sûrement commandé des sushis et ouvert une bouteille de champagne pour rendre sa soirée plus festive.

« Ça va ? » me demande ma femme en posant une main sur mon épaule.

« Oui, ça va, laisse, je m'en occupe », je lui prends le plat sale des mains.

Dans la cuisine, je rince les assiettes sous un filet d'eau brûlant avant de les aligner dans le lave-vaisselle. Quand j'ai terminé, je tire l'embout amovible du robinet et je décolle de l'évier les restes de mousse et ceux de notre dîner, en les faisant glisser vers la bonde. J'asperge avec du Cif, je passe un coup d'éponge sur le plan de travail avec l'éponge bleue, et pas la verte qui est réservée à la vaisselle, à moins que ce ne soit l'inverse. De toute façon, ces deux éponges, je les confonds tout le temps.

Quand j'éteins la lumière, j'ai la pulpe des doigts fripée à cause de l'eau chaude et le lave-vaisselle ronronne.

Tout le monde s'est installé dans le salon pour regarder le DVD que nous avons acheté avec ma fille, même mon père qui s'est ratatiné dans un fauteuil parce qu'il ne veut pas déranger. Je ne suis pas certain qu'il puisse voir correctement la télévision de là où il est.

« Viens sur le canapé. » J'insiste : « Il y a de la place. » Ma femme prend le relais et c'est au tour de ma fille. Mon père finit par changer de place.

« On peut mettre le film, pas d'objection, pas de pipi ? » demande ma femme, la télécommande à la main.

Si, moi. J'ai un coup de téléphone à passer.

Après avoir lancé le DVD, ma femme pose la télécommande sur la table basse, elle ôte ses chaussures et vient se blottir contre moi.

J'aurais pu profiter des bandes-annonces pour téléphoner à Alix. J'aurais pu lui dire : « Je pense à toi et je t'embrasse » derrière la porte fermée de la cuisine avant de venir m'asseoir à côté de ma femme et d'étendre mon bras gauche pour qu'elle pose sa tête sur mon épaule.

Peut-être qu'Alix aussi regarde un film, au lit, sur son ordinateur. Ou elle a opté pour un épisode de série comique parce qu'elle a du mal à se concentrer.

Elle regarde l'heure : 21 h 15.

Pourquoi n'a-t-il pas encore appelé ?

Alix a fait la vaisselle avec son portable posé à côté de l'évier au cas où j'appellerais, et un torchon sur l'épaule pour essuyer ses mains. C'est un écran tactile, elle ne va tout de même pas rater mon appel parce que ses doigts sont mouillés !

Mais elle n'a sans doute pas eu besoin de faire la vaisselle : elle a mangé ses sushis directement dans leur emballage en plastique.

Alors, pour s'occuper, elle aura préparé la table de son petit déjeuner : le set, l'assiette, la serviette, une tasse et des couverts. La machine à café est remplie d'eau, le filtre en place. Un pamplemousse posé sur une planche avec un couteau, un pot de miel à côté. Le beurre, elle a préféré le laisser au frais.

Dans sa cuisine il n'y a plus rien à faire, Alix éteint la lumière et va dans sa chambre, son téléphone portable à la main.

J'imagine les endroits les plus incongrus où elle emporte son téléphone portable.

En équilibre sur le lavabo, écran présenté vers la cabine de douche, comme dans un aquarium, Alix a peut-être essuyé la buée sur la paroi en verre pour garder son téléphone dans son champ de vision pendant qu'elle se lavait.

Ce qu'elle redoute : cela sonne enfin et c'est moi mais elle rate l'appel à une sonnerie, une seconde près.

Elle enrage.

Elle me rappelle immédiatement mais comme je suis en train de lui laisser un message, elle tombe sur mon répondeur. Elle sait qu'elle a encore une petite chance de m'attraper entre le moment où je vais raccrocher et celui où je rejoindrai ma famille.

Alors elle rappelle, elle rappelle, elle rappelle.

Depuis que je suis parti, Alix évite les zones sans réseau. Elle prend les escaliers, elle préfère le bus au métro ou alors elle marche.

Elle n'est pas allée au cinéma, de toute façon, il n'y a pas grand-chose à voir en ce moment. Elle n'est pas allée nager, pourtant ce sont les vacances scolaires et la piscine, ouverte toute la journée, doit être déserte. Pas plus de deux par ligne, l'idéal.

Alix écourte toutes ses conversations télépho-
niques même si elle a la fonction double appel.

Depuis 22 heures, elle ne répond plus. Elle
n'écoute pas ses messages. Elle laisse sa ligne
complètement libre pour moi.

J'ai une sonnerie à part.

Est-elle allée jusqu'à rejeter des appels ?

Que se passerait-il si je téléphonais en même
temps qu'un ou une autre ? Cela risque de créer
un embouteillage sur la ligne. Qui sonnera et qui
tombera sur le répondeur ?

Alix préfère ne pas penser à ça.

22 h 30, le film est bientôt terminé.

Il n'y a pas de chien à sortir, pas de poubelles
à descendre.

Je dresse la liste de toutes les occasions que
j'aurais eues d'appeler Alix. Quand j'ai déposé ma
fille à la boulangerie, c'était idéal : il y avait du
monde et j'ai dû l'attendre en double file pendant
quinze minutes.

J'ai appelé le cabinet.

23 heures, Alix doit être couchée, elle bouquine
sans être vraiment concentrée et relit plusieurs fois
la même phrase, comme à la plage.

Il faudrait éteindre la lumière pour dormir mais
elle a peur de ne pas trouver le sommeil.

Encore cinq minutes, encore une page. Peut-être
va-t-il appeler.

Elle a posé son iPhone sur l'oreiller à côté d'elle.

Mon iPhone est sur vibreur dans la poche droite de mon pantalon. Toute ma cuisse, de l'aine jusqu'au genou, est sensible. Je redoute un texto mais mon téléphone ne vibre pas, à part une alerte du *Monde* qui me fait sursauter.

Mon dernier espoir, c'est que ma femme et ma fille montent se coucher avant moi. Mon père est déjà au lit. Alors j'éteindrais la lumière et, dans la pénombre, je téléphonerais à Alix.

Le générique de fin défile. Ma femme s'étire, elle amorce un mouvement vers ses chaussures pendant que ma fille éjecte le DVD.

Automatiquement, la télévision passe sur une chaîne hertzienne qui diffuse une émission de variétés en seconde partie de soirée. Le volume fait sursauter ma femme et l'interrompt dans sa lancée, elle lève les yeux pour regarder qui sont les invités.

Ma fille baisse le son et ma femme rebascule en arrière pour s'installer confortablement, la tête sur mon épaule, les pieds sur le canapé.

Malgré les yeux qui piquent, ma femme et ma fille veulent prolonger la soirée. Je m'attends à ce que l'une des deux se lève pour faire chauffer de l'eau et préparer une tisane.

Je dis : « Je suis fatigué » pour encourager un élan vers l'étage, je déloge ma femme de mon épaule.

« Va te coucher, mon chéri, j'arrive. »

Je pourrais monter et appeler Alix à voix basse dans notre chambre à coucher, aux aguets, prêt à raccrocher au premier craquement de marches de l'escalier.

Mais je n'ai pas envie d'appeler Alix à voix basse.

Je pourrais aller au fond du jardin, même en chemise, mais si ma femme me cherche et qu'elle m'appelle par mon prénom, je ne veux pas raccrocher précipitamment en disant à Alix : « Il faut que je te laisse, il faut que je te laisse. »

Il y a le prétexte de la balade digestive mais j'ai digéré depuis longtemps et ma femme me proposera de m'accompagner. Si je dis que je vais fumer une cigarette dehors, elle me dira de fumer dedans, il fait trop froid.

Alix a peut-être éteint la lumière, elle est allongée dans le noir mais elle espère encore. Elle se dit qu'elle décrochera en chuchotant, cela sera très doux comme si j'étais au lit avec elle. Elle se dit que la conversation deviendra un peu érotique, et que nous ferons l'amour par téléphone.

Elle est tenace d'attendre comme ça. Elle ne sait plus si elle doit attendre ou ne plus attendre. Elle n'a pas envie d'être déçue ou triste ou en colère après moi. Pas après toute cette attente, pour rien.

Sait-elle au moins ce qu'elle attend encore ?

Je lui fixe des échéances, « demain » ou « tout à l'heure », comme des balises auxquelles elle s'accroche chaque fois jusqu'à la prochaine.

À 23 h 50, je lui ai envoyé un texto dans les toilettes du rez-de-chaussée. J'ai écrit « je suis désolé » plusieurs fois, j'ai écrit « demain » encore une fois, mais cette fois j'ai juré que je le ferais.

Je l'ai embrassée tendrement, très tendrement, et tout de suite après que le texto soit parti, j'ai éteint mon téléphone portable et je l'ai posé sur la bibliothèque, dans le salon.

J'aime ma femme et je n'étais pas malheureux quand j'ai rencontré Alix.

J'aime ma femme depuis dix-neuf ans.

Nous formons un couple solide.

J'aime ma femme et je cloisonne : il y a Paris et Marseille, mon travail et ma famille, mes amis et nos amis communs. En revanche, dans l'entourage de ma femme, il n'y a personne que je ne connaisse pas, enfin je crois.

J'aime ma femme et Alix me manque.

Je tiens ma femme pour responsable quand je ne vois pas Alix, alors à la maison, je deviens désagréable.

« Et si je quittais ma femme ? » J'ai déjà formulé cette question dans ma tête avec un mélange de peur et d'excitation comme devant un film d'épouvante.

J'aime dire « ma femme ». Quand j'ai appris la mort d'Annie Girardot, c'est à elle que j'ai téléphoné en premier.

J'aime ma femme et je ne me déplace pas d'une pièce à l'autre pour l'appeler à table, lui demander : « Où as-tu mis… ? », la prévenir – « Je rentre à… » –, lui tendre le combiné du téléphone. Je crie son nom dans la maison.

Je peux ponctuer mes phrases par : « Je te l'avais dit » en levant les yeux au ciel. Dans ces cas-là, sa voix monte dans les aigus et elle détache les syllabes de tous les mots, même les plus courts, même les syllabes qui n'existent pas : « Oui-e. »

J'aime ma femme et nous élevons la voix dans les lieux publics, ce qui met notre fille mal à l'aise.

Un samedi soir tard, nous sommes allés la chercher en voiture à une fête et nous avons raccompagné deux de ses amies. Ma femme et moi, on se disputait, je ne sais plus à quel sujet. Après avoir déposé les deux copines, ma fille nous a dit : « Vous m'avez mis la honte. » J'ai explosé.

J'aime ma femme et elle me contredit, les sourcils froncés, devant sa sœur en disant : « Tu exagères » alors que j'essaie juste de les faire rire.

J'aime dormir avec ma femme. Avant que mon père ne s'installe à la maison, elle est allée un soir dans la chambre d'amis parce que je ronflais trop fort. Je me suis couché avec ma femme mais réveillé seul. J'étais surpris, j'ai eu peur que cela devienne une habitude, dormir sans moi, et j'ai trouvé cela gonflé de sa part, compte tenu du peu de nuits que nous passons ensemble. Elle aurait pu mettre des boules Quies.

J'aime ma femme et son manteau bleu marine et ses sous-vêtements couleur chair.
Je la trouve gracieuse.
J'aime quand elle imite notre fille.

J'aime ma femme avec les adolescents et, avant ça, avec les enfants. Pour les 6 ans de notre fille, elle avait préparé un gâteau au chocolat et, à table, elle l'a décoré en racontant une histoire. Le sucre glace, c'était de la neige. Même moi je voulais connaître la fin, je ne pensais plus à le manger.

J'aime ma femme et je ne lui propose pas systématiquement de porter son sac.
À table je ne lui offre pas systématiquement la dernière part, la dernière gorgée, la dernière tranche ou alors d'une manière telle qu'elle se sent obligée de refuser.

J'aime ma femme et, depuis que je la trompe avec Alix, je m'énerve quand notre fille ou mon père la critiquent.

Je ne veux pas la faire souffrir.
Certains jours, j'ai un poids sur le thorax mais je ne fais pas d'insomnie. Au contraire, mon sommeil est profond, proche du K.-O.

Je lui envoie des textos tendres. Je ne lui envoie jamais la même photo qu'à Alix, je n'envoie pas un texto successivement à l'une puis à l'autre, je laisse un intervalle d'une heure au minimum. Ce sont des règles que je me suis imposées.

J'aime l'odeur de la crème que ma femme étale sur son visage le soir avant de se coucher. Au lit, mes lèvres glissent sur sa peau parce que la crème n'a pas complètement pénétré.

Elle découpe les tubes en deux avec des ciseaux pour en racler l'intérieur et ne pas les jeter quand il en reste encore. Autour de son lavabo, les tubes de crème ressemblent à des poupées russes mal emboîtées.

J'aime ma femme et le réfrigérateur doit être plein et le panier à linge doit être vide.

En voiture, elle ne me demande pas de rouler moins vite, elle ne pose pas sa main sur le tableau de bord quand je freine comme ma mère le faisait avec mon père. Quand nous sommes pressés, elle m'encourage à me garer sur les places de livraison.

Elle ne m'a pas demandé d'arrêter de fumer même quand elle a arrêté de fumer, même depuis le cancer de mon père.

J'aime ma femme, je l'ai épousée au bout de neuf ans de vie commune. Le couple avant nous à la mairie était un couple de personnes âgées. J'y ai vu un bon présage.

Sur le parvis, en sortant, les quelques invités ont jeté du riz.

J'aime ma femme et Alix le sait.

Pour quelles raisons je ne quitterais pas ma femme ?

Ma fille est grande.

Je gagne de l'argent, j'ai les moyens de payer une pension alimentaire.

Je pourrais placer mon père dans un institut spécialisé, même à Paris.

Alix m'assure qu'elle n'a aucune curiosité à l'égard de ma femme et je ne la crois pas. Elle dit qu'elle ne l'a pas googlisée. De toute façon, elle n'aurait rien trouvé.

Les premiers temps, elle détournait son regard chaque fois que j'allumais mon ordinateur et je ne comprenais pas pourquoi. Elle ne voulait pas voir ma femme sur mon fond d'écran, mais je ne suis pas un homme à fonds d'écran.

En revanche, Alix manifeste de l'intérêt pour ma fille. Régulièrement, elle prend de ses nouvelles. À sa demande, je lui ai montré des photos, elle les a regardées longuement, en souriant.

Alix se réjouit de savoir que ma fille est bonne en classe.

À l'approche de son anniversaire, elle m'a conseillé plusieurs livres à lui offrir et des bandes dessinées, ce qui m'a mis mal à l'aise.

De certains films, Alix dit : « Ça, c'est un film à aller voir avec son père ! »

Elle ne comprend pas que je ne passe pas de week-end à Paris en tête-à-tête avec ma fille.

J'imagine qu'elle aimerait la connaître.

Alix voit peut-être en ma fille une possible alliée.

Si elle pouvait la rencontrer.

Elle sait, Alix, qu'elle peut séduire une adolescente avec ses vêtements, son appartement, son travail et son mode de vie.

Elles pourraient passer du temps ensemble, Alix maquillerait ma fille et lui donnerait les robes qu'elle ne met plus.

Elle deviendrait « la copine de mon père ».

Alix voudrait emmener ma fille à la piscine, rire en se changeant dans les vestiaires et lui montrer comment fonctionnent les casiers à code. Porter sa serviette et l'aider à mettre son bonnet de bain, l'appeler « bichette », « louloute » ou « ma jolie ».

En les voyant arriver, le maître nageur les prendrait pour des sœurs, et chacune pour des raisons différentes serait flattée.

Elles parleraient de garçons, ma fille se confierait à Alix en nageant et lui raconterait ce qu'elle ne dit pas à ma femme. Elle lui poserait des questions intimes, en rougissant un peu, avant de plonger la tête sous l'eau.

Elles nageraient comme les bonnes copines au Cercle, l'une sur le dos avec une planche sous la

tête, l'autre sur le ventre avec une planche tenue
à bout de bras, en papotant.

Sous la douche, à la dérobée, ma fille jetterait
quelques regards vers le corps d'Alix, un corps de
jeune femme à côté de son corps d'adolescente.

Elles sécheraient leurs cheveux ensemble et Alix,
avec son peigne, démêlerait ceux de ma fille. Elle
lui prêterait sa crème pour le visage et aussi du
baume pour les lèvres.

Dans la rue, leurs serviettes et leurs maillots de
bain mouillés entassés dans le même sac, chacune
avec un bonnet en laine sur la tête pour ne pas
prendre froid, elles marcheraient d'un pas joyeux
vers l'appartement d'Alix, l'une avec la sensation
grisante d'être grande et l'autre avec la légèreté
de la légitimité.

Cette nuit, après avoir lu mon texto, Alix a dû avoir de la peine à s'endormir. Pour se faire un petit peu mal, elle s'est demandé quel genre de femme était ma femme.

C'est sûrement quelqu'un de bien puisque cela fait dix-neuf ans qu'elle m'accompagne.

Le sommeil ne voulait pas d'elle, alors Alix nous a imaginés, ma femme et moi, dans notre grande maison.

Est-ce que je l'appelle « ma chérie » ou « mon cœur » ? Est-ce que nous rions en famille, le soir à table, autour d'un bon dîner que ma femme a préparé ? En posant le plat au centre de la table, est-ce que ma femme dit : « Attention, c'est chaud ! » ?

Quelle est la teneur de nos conversations ?

Quand elle se lève pour aller chercher quelque chose à la cuisine, comme une femme amoureuse, ma femme pose-t-elle, au passage, une main sur mon épaule ?

Et après le dîner, quand nous regardons un film sur le canapé du salon, est-ce que je lui caresse la nuque comme je le fais avec Alix quand nous regardons un film au lit, sur son ordinateur ?

Est-ce que, doucement, je masse la plante des pieds de ma femme pendant qu'elle soupire, la tête en arrière, appuyée sur le repose-bras, en disant : « Que c'est bon ! », les yeux mi-clos, sans regarder le film ?

Alix nous a fabriqué tout un mobilier et je suis sûr qu'elle ne doit pas être très loin de la réalité.

Le samedi soir, elle se dit que nous recevons. Nos amis ou ma belle-sœur et son mari doivent arriver avec une bouteille de champagne déjà fraîche et un dessert.

C'est ma fille qui court pour aller ouvrir la porte. Dans l'entrée et dans l'excitation de la soirée à venir, elle propose de les débarrasser de leurs manteaux.

C'est elle aussi qui fait le service pour l'apéritif, elle nous présente le plateau à chacun en faisant le tour de la table.

Certains soirs, elle reste dîner avec nous et elle écoute avec intérêt les conversations d'adultes.

Que se passe-t-il dans notre chambre à coucher, après le dîner et après le film, quand je rejoins ma femme et que je rabats la couette pour me glisser à côté d'elle ?

Alix se retourne de colère dans son lit et son cœur bat dans ses tempes. Elle se lève pour prendre une douche.

La technique de la douche glacée sur les jambes, c'est elle qui me l'a apprise. Quand elle se recouche, la sensation du sang qui circule, comme des fourmis, l'aide à s'endormir.

Mais le sommeil ne vient pas, de toute façon la nuit est fichue, alors juste une fois, après elle se le jure, elle ne le fera plus, Alix organise une rencontre à trois. Comme, petite, elle écartait les doigts pour laisser passer les images d'une scène qui lui faisait peur à la télévision.

Le petit trou, pour regarder, juste une fois.

Cela se passera à la fête d'anniversaire de la femme de mon associé, c'est plausible. Il y aura beaucoup de monde pour ses 45 ans.

Nous nous retrouverons tous les trois en triangle, dans le salon, un verre de champagne à la main. Un triangle isocèle plus qu'un triangle équilatéral puisque ma femme et moi nous ferons face à Alix, en son sommet.

Elles se présenteront en se serrant la main, celle d'Alix sera froide et celle de ma femme, moite.

Alix réfléchira longuement à sa tenue parce qu'elle voudra être très belle devant ma femme et moi. L'avantage avec ce genre de mise en scène, c'est qu'il est possible de choisir n'importe quels vêtements.

Tout de suite, Alix remarquera l'alliance autour de l'annulaire de ma femme quand elle portera son verre à ses lèvres.

Ma femme dira : « Mon mari m'avait parlé de… » et Alix n'inventera pas le reste de la phrase. Tout ce qui l'intéresse sont ces deux mots : « Mon mari ».

De la bouche de ma femme sans visage, à qui

Alix aura donné la longue chevelure noire de ma fille, sortira cette litanie : « Mon mari, mon mari, mon mari... »

Alix sera trop épuisée pour être jalouse, elle détaillera ma femme, elle voudra s'approcher le plus près possible comme on se cogne contre un mur. L'observer et la toucher.

Alors c'est toi ? C'est toi qu'il ne quitte pas pour moi ?

Alix fera dire à ma femme : « Du temps à Paris sans enfant, mais c'est le rêve ! Moi aussi j'en ai profité avant Marseille. Nous habitions dans le 6ᵉ arrondissement. Paris me manque souvent. Profitez-en, vous êtes si jeune ! »

Alix trouvera ma femme drôle, intelligente et belle. Cela accrochera entre elle deux.

Pour me mettre dans l'embarras ?

Ma fille viendra se glisser dans le triangle, un verre de jus d'orange à la main, entre sa mère et moi. Elle ne reconnaîtra pas Alix, elles ne sont jamais allées à la piscine ensemble.

Dans son lit, Alix regarde l'heure et retourne ses oreillers. En nous visualisant côte à côte, ma femme et moi, elle se dit, en fixant le plafond de sa chambre à coucher, que de la place de ma femme, elle n'en veut pas.

Parce que je suis un homme qui trompe sa femme.

Mais tout de même, pour l'orgueil, Alix fait dire à ma femme dans le taxi du retour : « Qu'est-ce qu'elle est jolie, la belle-sœur de ton associé ! », avec beaucoup de bonté, presque sur un ton maternel, et je serai bien obligé d'acquiescer, dans ma barbe et dans mes petits souliers.

À quoi pense Alix, le week-end, quand elle croise dans la rue des couples qui marchent en se tenant la main ?

À quoi pense-t-elle quand une de ses amies lui annonce qu'elle va se marier ou qu'elle est enceinte ?

Se demande-t-elle quand viendra son tour ?

Est-ce qu'Alix regrette ?

Dans le prénom Alix, la lettre que je préfère, c'est le « x ».

Alix, c'est Alice en mieux.

C'est vif et enjoué.

C'est un prénom dont on se souvient, Alix, ce n'est pas Julie ou Marie.

Assis dans mon bureau, je gratte les restes d'une étiquette qui se décolle sur la couverture du livre de géographie de ma fille et je murmure : « Alix. »

Cela sollicite ma bouche en entier, ma langue s'enroule contre mon palais.

Si j'articule « Alix », j'esquisse un sourire. Je ne peux pas dire « Alix » la bouche en cul-de-poule, il n'y a pas de diminutif possible.

C'est Alix.

Quand je suis avec elle, je ne me lasse pas de répéter son prénom comme si, à chaque fois, je disais : « Mon amour. » Il m'arrive de détacher la seconde syllabe et, dans ma bouche, longtemps, je laisse glisser le « x ».

Alix aime dire : « Je suis une amoureuse ! »

Quand elle m'embrasse, c'est avec la langue et elle a des frissons et des papillons dans le ventre.

Quand on se couche, elle a envie de faire l'amour. Et le matin au réveil aussi.

Quand nous faisons l'amour, elle jouit.

Si nous allons au cinéma et que la séance est complète, si nous sortons nous promener et qu'il se met à pleuvoir, si nous allons au restaurant et qu'il est fermé, si après avoir hélé plusieurs taxis aucun ne s'est arrêté, elle s'affole.

Devant une série de déconvenues, j'ai eu le malheur de dire : « Nous n'avons pas de chance », Alix s'est énervée : « Pourquoi tu dis ça ? Ne dis pas ça ! Je ne veux pas que tu dises des choses comme ça ! »

Alix va très bien ou très mal. Elle dit « toujours » et « jamais ».

Elle ne remercie pas, elle remercie infiniment.

Quand Alix porte la nuisette ivoire – je croyais qu'elle était blanc cassé mais elle est ivoire et ce n'est pas la même chose – qui appartenait à sa grand-mère, je ne pense pas du tout à sa grand-mère.

Cela m'excite beaucoup.

Je ne la déshabille pas et nous faisons l'amour.

Nous avons déchiré la nuisette cinq fois, au même endroit, au niveau de l'attache dans le dos de la bretelle gauche.

Alix ne la dépose plus chez le retoucheur. Au

bout de la deuxième fois, elle était gênée. Maintenant, elle préfère la recoudre elle-même.

La tête posée sur mon bureau, les yeux fermés, je caresse le dos d'Alix, elle porte la nuisette. Sous son omoplate gauche, il y a la bretelle reprisée plusieurs fois. Le fil n'est pas exactement de la bonne couleur et la dentelle est un peu déchirée.
Je m'attarde longuement, du bout des doigts, sur la couture visible de la bretelle raccommodée.

Tous les efforts d'Alix me touchent parce que ce ne sont pas des efforts et qu'ils sont pour moi.

Il faut boire le meilleur vin dans des grands verres à pied, une blague qui ne me fait pas rire est un échec, elle n'hésitera pas à traverser tout Paris pour m'acheter le baba au rhum le plus réputé, la remarque d'un gardien de musée, « Mademoiselle, vous ne pouvez pas vous asseoir là », lui fera fuir mon regard pendant au moins dix minutes.
Dans la rue, quand je trébuche, c'est au moment où elle regarde ailleurs.

Au début de notre histoire, j'essayais de rester à Paris. Nos nuits étaient courtes, je faisais la sieste. Un samedi après-midi, le bruit des travaux à l'étage du dessus m'a réveillé.
Alix est montée parler aux ouvriers.
Ils ne se sont pas arrêtés, mais Alix est montée.

Trois fois par semaine, Alix nage.

En fouillant dans ses placards, caché derrière ses pulls d'hiver, j'ai trouvé le DVD *Claudia Schiffer, en pleine forme, la méthode complète.*

Alix teint ses cheveux blancs mais quand je lui demande si elle est allée chez le coiffeur elle me répond que non, non elle n'a rien fait, ça doit être la lumière. Elle rougit légèrement avant de changer de sujet.

Dehors, je la surprends en train de contrôler son reflet dans une vitrine ou, pendant que je lui parle, dans mes lunettes de soleil.

Le matin, dans sa cuisine, en attendant que le café coule, elle se regarde dans la machine chromée : « Qu'est-ce qui a changé depuis hier soir ? »

Alix a 31 ans, elle dit qu'elle veut des enfants parce qu'elle a peur de ne pas en avoir, mais les poussettes dans le métro l'agacent, les femmes qui allaitent en public l'étonnent, et celles qui parlent de leurs enfants entre elles l'ennuient.

À ma connaissance, aucune de ses histoires d'amour n'a duré plus de deux ans. Elle n'a jamais habité avec un homme.

Quand elle a reçu la lettre avec les résultats de mon test HIV, elle a laissé longtemps traîner l'enveloppe sur la table de la cuisine, avec mon nom écrit au-dessus de son adresse. Même si elle n'aime pas le désordre, dans son appartement, elle ne touche pas à mes affaires, comme si c'étaient des preuves.

Elle aimerait que je l'accompagne au marché pour m'embrasser dans les allées, en portant un panier plein.

Alix dit : « J'aime le quotidien » parce que, dans notre cas, le quotidien, c'est exotique.

Nous ne sommes pas un couple.

Nos deux noms n'apparaissent pas sur l'étiquette à côté de l'interphone en bas de chez elle, le message d'accueil du répondeur de son téléphone fixe n'annonce pas : « *Nous* sommes absents pour le moment mais laissez-*nous* un message », et je n'ai pas d'avis sur la disposition des meubles dans son appartement ni sur la couleur des murs. En dehors du serveur du restaurant indien en bas de chez elle, personne ne lui demande de mes nouvelles. Nous n'avons pas de vie sociale tous les deux, nous ne connaissons pas l'excitation d'un projet commun. Nous ne prenons aucune décision ensemble.

Je suis marié et j'ai 54 ans.
Alix est libre, elle ne me repousse pas.
Je ne la force pas, je ne l'ai jamais forcée.

Je ne l'ai pas aidée à résister.

Les premières fois, quand je la portais jusqu'à son lit en l'embrassant, j'avais une petite appréhension. Et si, cette fois, elle changeait d'avis ? À la dernière minute. Alors que nous ne sommes pas encore complètement nus et que je bande fort.

Je ne lui ai pas dit : « Je vais quitter ma femme. »
Je n'ai pas commencé une seule de mes phrases par : « Je te promets. »
J'ai dit le contraire, et c'est un hameçon.

Quand nous faisons l'amour, j'enlève ma montre parce que j'ai peur de lui faire mal.
Je n'enlève pas mon alliance et je me demande si, quand je la caresse, elle sent les quelques millimètres de métal sur sa peau.
Quel moment gênant cette nuit où, sortant du cinéma, elle s'est enthousiasmée : « C'est la nouvelle lune, il faut toucher de l'or ! », et nous n'avions rien d'autre que mon alliance à portée de main.
Dans la rue, si nous croisons l'une de ses connaissances, je m'éloigne de quelques mètres et je fais mine d'être au téléphone ou de recevoir un texto pour éviter une conversation à trois.
En présence d'Alix, je ne conjugue pas les verbes au futur, cela peut paraître anecdotique mais je m'y tiens. Je dis : « Je te téléphone dès que j'arrive » à la place de « Je te téléphonerai ».

Depuis le début, nous nous voyons sans être obligés de réussir notre histoire puisque je suis marié. Nous avons appris à nous connaître sans enjeux.

Librement.

C'est très fort.

Alix se sent vivante et moi aussi je me sens vivant.

Quand nous ne sommes pas ensemble, nous sommes dans le manque.

Pas une seule fois je ne me suis allongé à côté d'elle sans la désirer. Nous faisons l'amour et la tête me tourne.

Parce qu'il est illégitime, notre lien est protégé.

Alix a l'exclusivité.

Il n'y a ni amis ni famille qui interfèrent. Pas d'enfants.

C'est elle et moi.

Rien ne s'altère.

Je n'accorde pas d'importance aux petits tracas parce que nous manquons de temps. Tout peut s'arrêter brutalement.

Cette précarité nous rend attentifs l'un à l'autre. Elle s'inquiète pour moi et je m'inquiète pour elle. Nous savons que nous pouvons nous heurter mutuellement, nous sommes plus tendres.

Nous partageons un secret et nous le gardons précieusement.

« Et si je l'embrassais ? »

Tout a commencé avec cette question innocente

qui n'est pas vraiment une question, sur le vol Air France Paris-Marseille de 20 h 15.

J'avais les jambes étendues dans le couloir et l'hôtesse, pendant le vol, a trébuché plusieurs fois sur mes pieds.

C'était la semaine de mon premier rendez-vous avec Alix. Le vendredi soir, dans l'avion, il y avait peu de passagers. Pour une fois et par égard pour l'hôtesse, j'ai regardé les consignes de sécurité. Cela doit être désagréable de faire ces gestes sans que quiconque y prête la moindre attention, comme les pianistes que personne n'écoute dans les bars des grands hôtels.

Cette jeune fille avec qui j'avais déjeuné me donnait envie d'être gentil.

Je regardais l'hôtesse sous son chignon impeccable respirer dans son masque à oxygène sans vraiment écouter la marche à suivre en cas de dépressurisation de la cabine.

Elle était jolie, cette fille.

Je savais qu'elle était célibataire et que j'allais la revoir le jeudi suivant.

Mais après ça ?

Je l'avais rencontrée sept ans auparavant au mariage de mon associé mais je ne m'en souvenais pas très bien, et elle pas du tout. C'était un grand mariage.

Je devais être le seul à ne pas avoir remarqué que la robe de la belle-sœur du marié était transparente, et je trouve ce détail cocasse.

Quel âge avait-elle à l'époque ? 23 ans ? 24 ans ?

En bout de piste, l'avion a mis les gaz et, malgré l'habitude, en phase de décollage, mon cœur a battu un peu plus vite.

« Et si je l'embrassais ? »

L'idée du baiser en a entraîné une autre qui en a entraîné une autre.

L'avion a décollé.

Au début, quand j'appelais Alix, je composais son numéro très vite pour ne pas être tenté de changer d'avis. Je lui envoyais des mails sans les relire pour être sûr qu'ils partent. Je grimpais les marches de l'escalier de son immeuble quatre à quatre.

Je n'ai parlé d'Alix à personne parce que je voulais garder tous les détails pour moi et pour ne pas répondre à des questions auxquelles je n'avais pas de réponse. Je me méprends probablement sur la réaction de mes amis. Ils n'auraient peut-être pas posé de questions. L'un d'entre eux m'aurait sans doute avoué qu'il avait vécu la même chose.

Alix ne me donne pas un coup de jeune, elle m'offre la possibilité de faire un second tour au moment où les perspectives rétrécissent. On me donne beaucoup moins que mon âge. À part pour lire de près, les années ne me pèsent pas, pour l'instant.

La seule question que je me pose est : « Qu'est-ce que je ne peux plus faire ? »

À 20 ans, j'ai su que je ne participerais pas à Roland-Garros. À 30 ans, j'ai compris que je ne présenterais plus l'ENA. Depuis que j'ai 40 ans, cela me paraît compromis de changer de carrière.

Je peux quitter ma femme et refaire ma vie avec une autre femme. Je peux même avoir encore un enfant ou deux. D'autres l'ont fait à mon âge.

C'est exaltant de se dire : c'est possible !

Plus jeune, à chaque fois que je tombais amoureux, c'est-à-dire souvent, je sifflotais.

Avec Alix, je chante.

Sous la douche et dans mon bureau. En marchant. Il n'y a aucune préméditation dans le choix des chansons. Je chante ce qui me passe par la tête, un vieux tube ou un mauvais tube, comme une chanson entendue la veille. Tout à coup, j'écoute les paroles, et je suis saisi tant elles me concernent.

Cela n'a rien d'exceptionnel, la plupart des chansons parlent d'amour.

Depuis que j'ai rencontré Alix, je vois des signes partout. J'ai lu des mots à la place d'autres sur les affiches des Abribus et dans les journaux. J'ai lu « vacances illégitimes » à la place de « vacances illimitées ». J'ai lu « déchiré » à la place de « désiré », et « enchaîné » à la place de « entraîné ».

En écoutant une interview de Jean-Louis Trintignant à la radio, j'ai eu l'impression qu'il s'adressait à moi quand il a parlé de prendre des risques. « Parfois on sait qu'on va en chier un peu mais il faut y aller quand même, tout cela n'est pas si grave. »

Oui, Jean-Louis Trintignant a raison. Alix et moi, finalement, ce n'est pas si grave.

Je suis droit et honnête. Mes amis disent que je suis loyal. Ils savent qu'ils peuvent compter sur moi.
J'inspire confiance et je le sais.
Je suscite les confidences.
Les femmes me demandent leur chemin dans la rue, même tard le soir. Elles n'hésitent pas à monter dans les ascenseurs de parking avec moi.

J'ai une double vie depuis un an.
J'ai glissé dans cette situation sans opposer de résistance.
Je passe la semaine avec Alix à Paris et je retrouve ma femme et ma fille le week-end à Marseille. Sans me chercher d'excuses, je réussis à composer avec cette vérité-là.

Quand je suis heureux je n'ose plus bouger. Je me fais penser au chien de ma grand-mère qui se transformait en statue quand le chat le léchait.

Qu'est-ce que j'attends ?
Qu'on prenne une décision à ma place ?
Un drame ?

J'étais en train de composer les derniers chiffres du numéro d'Alix quand ma femme a ouvert la porte du bureau brusquement.

Elle a sursauté en me voyant assis et immobile.

« Je ne savais pas que tu étais encore là », a-t-elle dit avec l'intonation de quelqu'un qui présente des excuses.

Et elle a ajouté : « C'est l'heure. »

À chaque fois que je croise le regard bleu et franc de ma femme, j'ai envie d'ouvrir les bras.

« J'arrive, ai-je répondu sans me lever en lui montrant le téléphone dans ma main droite. Donne-moi deux minutes. »

Ma femme a refermé la porte si doucement, je n'ai pas entendu le mécanisme de la poignée jouer.

Ses pieds obstruent le filet de lumière, sous la porte. J'attends qu'elle s'éloigne dans le couloir pour appuyer sur la touche « Appel » mais ma femme ne bouge pas.

Sa main est peut-être encore posée sur la poignée.

Elle hésite en retenant sa respiration. À quoi pense-t-elle ?

Ma femme n'est pas du genre à écouter aux portes.

Je voudrais qu'elle revienne dans le bureau pour me dire ce que je dois faire.

Je voudrais me lever et la rattraper dans le couloir pour lui tendre notre mariage comme le passage du témoin dans une course de relais.

L'écran de mon téléphone s'est éteint.

Je pourrai peut-être appeler Alix de l'aéroport ?

Entre l'enregistrement et l'embarquement, j'ai largement le temps, l'avion décolle à 15 h 00. Dans la zone internationale, je m'isolerai facilement pendant que ma femme et ma fille arpenteront les boutiques hors taxes.

Appuyé contre une baie vitrée, je parlerai à Alix en regardant la valse des avions sur la piste. Je lui dirai : « Je suis à l'aéroport » et elle entendra derrière moi les annonces pour les vols à destination de pays lointains.

Je reconnais le pas lourd de mon père qui descend les marches. Les valises roulent sur le carrelage au rez-de-chaussée.

Le filet de lumière sous la porte est net et continu, les pieds de ma femme ont disparu.

Je l'entends en bas, elle demande de l'aide à ma fille. Le taxi est sûrement déjà arrivé.

« Papaaaa. »

Ma femme a dû lui demander de monter me chercher mais ma fille préfère crier dans la maison. Elle laisse traîner le second « pa » de « Papa » comme une vocalise.

Mon manteau dans les bras, elle doit m'attendre en bas des escaliers. Ma fille n'est jamais allée à New York.

Il est trop tard pour appeler Alix maintenant.

Je me lève.

Les quatre pieds de ma chaise raclent le sol en pierre et grincent.

C'était au début du mois de janvier et il faisait très beau. L'air sec et froid annonçait l'arrivée de l'année comme une bonne nouvelle.

La lumière, ce jour-là, a tenu toutes ses promesses.

Nous avions rendez-vous à la terrasse d'un café dans le 9e arrondissement, en fin de matinée.

J'ai la nostalgie de ces rendez-vous.

Toutes mes intuitions se révélaient justes, tout ce que je découvrais chez Alix était bien mieux encore que ce que j'avais imaginé et me donnait envie de la connaître davantage.

Alix suscitait chez moi un mélange d'audace et de timidité.

J'avais très envie de faire l'amour avec elle et cette envie ne cohabitait pas encore avec la culpabilité.

Je devinais le trouble d'Alix autant que j'en doutais, et cette incertitude rendait ma vie trépidante.

Comme le ciel était dégagé.

J'avais choisi une place à l'extrémité de la terrasse, loin des radiateurs, parce que, en présence d'Alix, j'ai chaud, comme dans les salles d'attente en hiver.

En la voyant arriver dans son caban un peu trop grand, le col relevé et son sac en bandoulière, j'ai enlevé mon écharpe – une écharpe en laine bleue – et je l'ai posée sur la chaise en face. Pour lui dire bonjour, je me suis levé et je lui ai fait la bise.

Alix s'est assise à ma gauche.

Très vite, nous avons pris cette habitude, nous asseoir l'un à côté de l'autre.

Nos épaules se touchaient au rythme de la conversation et j'ai dû fournir un effort considérable pour ne pas poser ma main sur son genou, que le bas de sa jupe et le haut de sa botte, sous la maille de son collant noir, découvraient.

Il m'est difficile de suivre une conversation avec quelqu'un en terrasse parce que je me laisse distraire par les passants.

Avec Alix, le serveur était un intrus.

Les sujets s'enchaînaient comme si notre discussion était écrite et les silences aussi. Naturellement, le temps passait trop vite.

Au bout d'une heure, à cause du thé et de l'excitation, j'ai dû aller aux toilettes.

C'était d'autant plus interminable de faire pipi que j'étais pressé de rejoindre Alix, je ne savais pas à quelle heure elle devait partir.

Alix était assise à la même place, elle n'allait pas disparaître.

J'étais encore debout quand elle m'a demandé si je désirais boire autre chose et, comme je ne voulais pas que ce rendez-vous touche à sa fin, j'ai commandé un autre thé.

J'ai repris ma place à côté d'elle après avoir passé la commande au bar et j'ai remarqué qu'elle avait quelque chose dans son sourcil gauche. J'ai d'abord pensé à un poil de chat mais il était bleu.

Alors, sur la chaise en face d'Alix, posée sur le dossier, j'ai vu mon écharpe en laine, bleue.

Ce fil, resté accroché dans son sourcil, c'était le plus beau des aveux.

Je me suis penché vers elle un peu plus que nécessaire, elle a peut-être cru que j'allais l'embrasser pour la première fois. J'ai tendu la main vers son visage comme si j'allais le caresser et, délicatement, j'ai retiré le fil de son sourcil.

En voyant ce que c'était, Alix a souri.

J'étais suffisamment proche pour sentir son souffle chaud sur mon visage, et elle, j'imagine, le mien.

Entre nous, je tenais le fil bleu, comme on tient un cil, du bout du pouce et de l'index, juste avant de souffler dessus parce qu'on a fait un vœu.

Je remercie mes deux grandes sœurs, Tania et Audrey, pour leur indéfectible soutien.

Merci Ka, ma compagne d'écriture.
Je remercie Inès de La Bévière pour sa confiance.
Merci à François Kenesi pour ses précieux conseils.
Je remercie Lucie Truffaut.
Merci à Éric Pellerin de m'avoir accueillie à Vauville pour que j'y écrive.

Je remercie tout particulièrement Julien Rappeneau.

RÉALISATION : NORD COMPO À VILLENEUVE-D'ASCQ
IMPRESSION : CPI BRODARD ET TAUPIN À LA FLÈCHE
DÉPÔT LÉGAL : JANVIER 2015. N° 117804 (3008047)
IMPRIMÉ EN FRANCE